KB123950

평행세계 속의 먼치킨 6

2023년 7월 6일 초판 1쇄 인쇄
2023년 7월 11일 초판 1쇄 발행

지은이 운천룡
발행인 강준규

기획 이기헌 왕소현 임동관 박경무 강민구 조익현
책임편집 주현진
마케팅지원 이원선

발행처 (주)로크미디어
출판등록 2003년 3월 24일
주소 서울시 마포구 마포대로 45 일진빌딩 6층
Tel (02)3273-5135 Fax (02)3273-5134
홈페이지 rokmedia.com E-mail rokmedia@empas.com

ⓒ 운천룡, 2023

값 9,000원

ISBN 979-11-408-1137-3 (6권)
ISBN 979-11-408-0705-5 04810 (세트)

평행세계
먼치 속의 킨

운천룡 퓨전 판타지 장편소설

CONTENTS

1장

부관의 말에 솔깃했는지 사령관의 표정이 살짝 풀어졌다.

"그, 그런가?"

"그렇습니다. 저들이 우리를 유인해서 공격했다면 저희는 전부 몰살이었을 것입니다. 다행히도 저들을 지휘하는 장수는 그런 점까지 생각을 못 한 것 같습니다."

"젠장! 빌어먹을! 그래도 동양 원숭이들에게 등을 돌리고 돌아가야 하다니. 이런 수치가 있나!"

"재정비를 해서 확실하게 이들을 교육하는 것이 더 좋을 것 같습니다."

부관의 말에 사령관이 턱을 쓰다듬으며 잠시 고민을 하더니 이윽고 손을 내리고 말했다.

"좋다! 일단 나가사키로 후퇴한다. 어차피 여기 있어 봐야 방법이 나오는 것도 아니고, 일단 돌아가서 오늘 일을 전부 보고하고 대책을 세우도록 하자."

"알겠습니다!"

그렇게 미국 함대는 침몰한 한 척을 제외하고 빠르게 보급지인 나가사키로 배를 돌려 내려가기 시작했다.

그 모습을 지켜보던 육지의 장수가 미소를 지으며 중얼거렸다.

"조선의 바다에 들어온 이상 너희는 빠져나갈 수 없다. 그 이유를 곧 알게 되겠지."

<hr/>

"이곳은 우리가 넘볼 수 있는 나라가 아니었어……."

연신 정신이 나간 표정으로 중얼거리는 한 사람이 있었다.

바로 미국 함대를 이끌고 조선으로 온 사령관이었다.

그는 조선이라는 나라는 강력한 함포만 믿고 해군을 키우는 것에는 소홀했다고 생각하며 유유자적하게 나가사키로 항해하고 있었다.

그런 그들의 눈에 엄청난 크기의 배가 모습을 드러냈다.

회색빛을 띤 배였는데 특이하게 돛이 보이지 않았다.

저 수상하고 덩치가 큰 배를 보며 사령관은 저것이 조선의 군함이라는 것을 직감했다.

그래도 다행인 것은 보이는 포의 수가 적었고 한 척이라는 점이었다.

한 척 정도는 이길 수 있겠다, 생각하고 당당하게 맞붙었다.

바로 여기서 사령관의 정신을 나가게 만드는 광경들이 펼쳐졌다.

망원경으로 봐야 하는 거리에서 저들이 포를 쏘기 시작한 것이다. 위력이 얼마나 대단했는지 저 멀리서 쏘았음에도 자신의 귀가 멍해질 정도였다.

다행히 포탄은 배 옆에 떨어졌는데, 아까 육지에서 쏘던 것과는 차원이 다른 폭발력을 보여 주며 자신들이 탄 배 크기의 거대한 물기둥을 만들어 낸 것이다.

말도 안 되는 광경에 눈이 찢어질 정도로 커진 사령관의 귀에 익숙한 언어가 들려왔다.

자신들의 언어인 영어로 항복하라는 방송이 연신 들려오고 있었다.

저 먼 거리에서 여기까지 소리를 보내는 기술도 신기했지만, 그것까지 생각할 겨를은 없었다.

당장 자신들의 목숨이 위태로웠기 때문이었다.

방금 저들이 자신들에게 날린 포 한 방은 분명한 경고의 의미였다.

도망?

딱 봐도 자신들보다 배는 빠른 속도로 움직이는 게 보이는데 그것이 가능할까?

사령관이란 계급은 내기로 따낸 것이 아니다.

그는 재빠르게 판단을 내렸고 살기 위해 항복을 했다.

항복하고 조선의 군함으로 옮겨 탄 사령관은 또 한 번 경악하고 말았다.

설마설마했는데 진짜 철선이었고, 자신들의 배처럼 증기기관이 아닌 내연기관을 사용하고 있는 배였다.

거기에 가까이에서 엄청난 위압감을 뿜어내는 함포를 보자 급기야 정신이 나간 것이다.

자신들의 배에 달려 있는 함포는 이 배에 달려 있는 함포에 비하면 애들 장난 수준이었다.

저 거대한 함포에서 발사되는 포에 맞으면 자신들의 배는 순식간에 산산조각이 날 것이다.

"이런 괴물 같은 군사력을 지닌 나라에 가서 무력시위를 하고 오라고?"

멍한 얼굴로 연신 중얼거리는 사령관을 보며 그를 지키는 수병들이 고개를 저었다.

"저 양반 정신이 나갔네."

"나갈 만하지. 나도 이 배에 맨 첨에 승선했을 때 저랬는데."

"하긴 나도 그랬네. 크크."

"말이야 바른 말이지. 이런 거대한 철 덩어리가 뜰 줄 누가 알았겠는가."

"이 배도 주상 전하께서 설계하신 거라며?"

"암! 암! 그러니 이렇게 강력한 배가 탄생한 것이 아니겠는가."

"참! 자네 그거 들었는가?"

"뭘 말인가?"

"올해가 지나면 우리 조선도 드디어 다른 나라에 항구를 개방한다더군."

"쇄국이 끝나는 것인가?"

"끝날 때도 되었지. 오늘 보지 않았는가. 저 미리견 놈들이 손도 못 쓰고 당하는 것을."

"하긴, 이제 당당하게 세상에 우리 조선의 힘을 보일 때가 되었지."

이들의 대화처럼 지금의 조선은 대대적인 개항을 준비하고 있었다.

엄청난 양의 고급 지식과 인력, 자원이 있었고 그것을 뒷받침해 주는 막대한 자금이 있었다.

전후 한강의 기적이라면서 한국은 엄청난 속도로 발전한 역사가 있었다.

그것의 조선 버전이 지금 이곳에서 벌어지고 있었다.

오히려 한강의 기적 때와는 차원이 다른 지원이 이루어졌기에 더욱더 빠르게 발전할 수 있었다.

자금이 흘러넘칠 정도로 들이부어 주는 지원에, 현세의 세계에서 가져온 엄청난 지식과 기술들.

거기에 우리도 잘살아 보자는 일념으로 뭉친 조선 백성들까지 모든 것이 어우러졌다.

그 결과 지금의 조선은 웬만한 곳에는 전기가 부족함 없이 들어가고 있었고 전국 방방곡곡에 혈관처럼 퍼져 있는 철도와 깔끔하게 포장된 대로가 온 국토에 퍼져 있었다.

거기에 심혈을 기울여 키워 낸 인재들이 끊임없이 세상에 나오고 있었다.

그 인재들로 인해 조선의 발전에 가속도가 붙어 더 빠르게 발전하고 있었다.

그 발전된 조선을 가장 생생하게 경험하는 미국 함대의 포로들이었다.

"맙소사! 도로를 봐. 이렇게 깔끔하게 포장이 되어 있다니."

"건물을 봐. 우리 미국보다 더 발전된 건축 기술로 지어진 것 같아."

"사람들의 옷을 봐. 그리고 피부를 봐. 누가 이곳을 미개하다고 한 거야? 우리보다 더 잘 입고 다니잖아."

"거리에 먹을거리가 지천에 깔려 있고 사람들의 표정이

평화로워. 길거리를 봐. 이렇게 깨끗한 거리를 나는 본 적이 없어."

그들이 탄 기차가 도심을 지날 때 본 풍경에 대해 미군들은 연신 토론을 나누었다.

그런 그들의 모습을 가만히 지켜보는 사령관 맥도웰이었다.

사령관 역시 병사들과 같은 풍경을 바라보고 있었다. 그도 병사들과 같은 생각을 하고 있었다.

"세상은 완전하게 속고 있었군. 이 나라가 개항을 하지 않은 이유는 미개해서가 아니었어. 자신들의 위치를 알기에 하지 않은 거야."

사령관의 말에 부관이 침울한 표정으로 고개를 끄덕였다.

"그렇습니다. 이들은 자신들이 미개해서 나라를 개방하지 않은 것이 아니었습니다. 오히려 너무 발전이 되어 있기에 굳이 개방할 이유를 몰랐던 것이겠죠."

부관의 말에 사령관이 고개를 끄덕이며 대답했다.

"내 생각도 그거야. 내가 볼 때 조선이라는 나라는……. 절대로 무시해서는 안 되는 강대국이다."

"맞습니다. 보시지 않았습니까? 그 괴물 같은 군함을."

"그런데 왜 한 척이지?"

"그런 엄청난 괴물을 여러 척 만들려면 어마어마한 자금이 필요할 것입니다. 세상에 개방을 하지 않은 나라이기에 자원과 자금이 부족했을지도 모를 일이지요."

그들은 대화를 하며 이동했다.

그런 그들을 위해 특별한 사람들이 등장했다.

바로 셔먼호의 선주인 프라이드와 선장 데이지였다.

"먼 길 오느라 고생이 많으셨소."

프라이드의 말에 사령관이 그를 노려보다가 이윽고 고개를 숙이며 기운 없는 목소리로 대답했다.

"수고는 무슨……. 보다시피 이런 꼴이지."

그런 사령관을 위로해 주는 프라이드였다.

"조선에게 패배를 한 것은 사령관님 탓이 아닙니다. 자책하지 마시지요."

"그럼 누구 탓이란 말이오?"

사령관의 말에 프라이드가 미소를 지으며 말했다.

"조선이라는 나라에 패한 것은 당연한 일입니다. 그러니 누구의 탓도 아니지요."

"나를 놀리는 것이오!"

사령관이 흥분한 모습으로 버럭 소리를 지르자, 데이지가 그를 말렸다.

"진정하시지요."

"진정하게 됐소? 대 미합중국의 함대를 이끌고 와서 손도 써 보지 못하고 처참하게 깨졌는데!"

"조선이라는 나라는 그런 나라입니다. 세계 최강의 나라.

그것이 바로 이곳 조선이지요."

"다, 당신들도 그 괴물 같은 철선에 당한 것이오?"

사령관의 물음에 데이지가 미소를 지으며 고개를 저었다.

"아니오. 우리는 그보다 아랫급의 전함에게 당했습니다. 우리 같은 상선을 그런 괴물이 나와서 상대할 리가 없지 않습니까."

"하긴, 한 척으로 바다 이곳저곳을 전부 지키고 있지는 못하겠지."

"한 척이라뇨?"

"그 괴물 같은 배가 그럼 여러 척이라는 말이오?"

사령관이 설마 하는 눈빛으로 데이지에게 물었다.

"하하하. 그 전함은 한 척이 아닙니다. 제가 듣기론 한 함대당 아홉 척 정도가 배정되었다고 들었습니다."

"아, 아홉 척! 가, 가만⋯⋯. 한 함대당이라니?"

사령관은 믿을 수가 없는 표정으로 놀라다가 그 뒤의 말을 기억하고는 다시 눈을 동그랗게 뜨고 물었다.

"네, 조선 바다에 존재하는 한 함대당 배정된 철선의 수가 아홉 척이라는 말입니다. 조선에는 그런 함대가 무려 12개나 되지요."

털썩—!

데이지의 말에 사령관은 다리가 풀렸는지 그 자리에서 주저앉아 버렸다.

그런 사령관에게 데이지 곁에 있던 프라이드가 다가가 말했다.

"그래서 말씀드리지 않았습니까? 우리 조선에 진 것은 창피한 것이 아니라고요."

프라이드는 연신 자비로운 미소를 지으며 사령관을 달래고 있었다. 그런 그의 모습에 이상함을 느낀 사령관이 물었다.

"그런데 어찌 말하는 투가 우리 미국의 편이 아닌 조선의 편에서 얘기를 하는 것 같소만?"

사령관의 말에 프라이드가 고개를 끄덕였다.

"맞습니다. 저는 이제 조선인이니까요. 조선의 주상 전하를 주군으로 모시고 있으니 조선 사람이지요."

"뭐요? 농담이지?"

"농담이라니요! 어찌 하늘 같으신 주상의 이름을 걸고 농을 할 수가 있단 말이오!"

프라이드의 언성이 올라가자 사령관이 고개를 갸웃거리며 물었다.

"그 주상이라는 단어가 혹시 왕을 뜻하는 것이오?"

"그렇소! 조선의 왕! 세계의 왕이신 우리 전하를 지칭하는 말이오!"

빠져도 완전히 빠져 있었다.

그 모습이 마치 사이비 종교에 빠진 광신도 같은 모습이었다.

불안한 눈빛으로 그것을 바라보는 사람들에게 프라이드가 환한 미소를 지으며 말했다.

"걱정하지 마시오. 그대도 우리 전하를 뵙고 나면 나를 이해할 수 있을 것이오. 그분을 만날 수 있다는 것은 정말로 큰 축복이니 기쁜 마음으로 받아들이시오."

그 후로도 프라이드는 미군에게 계속 조선의 찬양을 이어 갔다.

하지만 그들의 귀에는 그저 소음일 뿐이었다. 경험해 보지도 않은 나라인데 프라이드의 찬양이 와닿겠는가.

그렇게 이해할 수 없는 말을 들어 가며 그들은 기차에 몸을 싣고 한양을 향해 열심히 달려가고 있었다.

"마, 맙소사……."

한양에 도착한 미군 사령관은 그곳의 풍경을 보고는 그 자리에서 멈추고 말았다.

"여기는…… 다른 세상인가?"

"세상에……. 우리가 꿈을 꾸고 있는 것인가?"

조선이라는 나라에 와서 계속 놀라기만 하는 사령관이었다.

그것은 그의 옆에 있던 부관도 마찬가지였다.

사령관과 그의 부관, 그리고 장교들만 따로 한양으로 압송되었다.

그리고 그들의 눈앞에 펼쳐진 한양의 풍경은 그야말로 별천지였다.

하늘을 찌를 듯이 높게 지어진 고층 건물들이 사방에 즐비했고, 수많은 자동차와 사람이 거리를 오갔다.

사람들의 의복은 올라오면서 보던 것과는 또 달랐다.

지금까지 올라오면서 본 조선의 옷은 세련되지는 않지만 깔끔하고 수수한 반면, 한양은 아니었다.

마치 패션쇼를 보는 듯한 착각이 일어날 정도로 개성 넘치는 패션이 거리에 넘쳐흐르고 있었다.

이러한 풍경은 이들이 가지고 있던 동양에 대한 편견을 확실히 사라지게 만들었다.

동양인은 미개하고 과학이 뭔지도 모르는 인종이 사는 곳이라 생각을 했다. 지금까지 경험상 이것은 100%였다.

조선도 마찬가지였다.

주변국이 전부 그러하고 심지어 저 강대국이라는 청나라도 그럴진대 그 가운데 끼어 있는 작은 나라 따위가 별것이 있겠냐고 생각했다.

그것은 자신들의 큰 착각이었다.

조선은 동양, 아니 미국을 넘어 세계에서 가장 발달한 과학의 나라였다.

조선은 누구나 꿈꾸던 그러한 세상이었다.

적어도 미군 사령관을 포함한 장교들의 눈에 비친 한양의 모습은 그러했다.

"이런 엄청난 나라를 만든 이가 지금의 조선 왕이라고?"

"그렇다고 들었습니다."

"어찌 그런 자가 세상에 존재한단 말인가? 그것이야말로 사기가 아닌가?"

이곳까지 오면서 귀가 멍해질 정도로 들은 것은 바로 조선의 왕, 영웅에 관한 이야기들이었다.

워낙에 엄청난 이야기들뿐이어서 믿지 않았는데, 이렇게 한양에 도착하고 보니 그 이야기들이 정말로 사실일 것 같은 기분이 들기 시작했다.

그렇게 한양을 구경하며 이동하던 중, 한 명이 무언가 생각이 났다는 듯이 고개를 들며 말했다.

"그리고 보니 조선 왕은 하늘을 날고 아픈 자도 치유해 준다는 소문을 들었습니다."

"그건…… 아닐 것 같군. 사람들 입에서 입으로 이야기가 전달되면 과장이 섞이기 마련이지."

"하긴, 그렇습니다. 정말로 그것이 가능하면 신이지 인간이겠습니까?"

"하하하! 자네 말이 맞네. 그게 가능하면 신이겠지. 조선의 왕이 백성들에게 거의 신격화가 되어 있어서 그런 소문이

퍼진 것이겠지."

자신들이 본 한양에 관한 이야기를 나누며 이동하다 보니, 어느새 목적지인 경복궁에 도착했다.

그들의 눈에 비친 경복궁은 지금까지 본 궁 중에서도 가장 아름답고 형언할 수 없는 웅장함을 자랑하고 있었다.

"아름답다……."

이들은 자신들이 포로의 신분이라는 사실도 잊은 채로 사방을 둘러보며 연신 감탄했다.

"그런데 저희를 왜 이곳으로 데려온 것일까요?"

"나도 잘 모르겠다. 한 나라의 왕이 포로를 만날 일이 뭐가 있을까?"

이쯤 되자 이런 나라를 지배하는 왕이 도대체 왜 자신들을 보고 싶어 하는지 이해가 되지 않았다.

그때 어디선가 말이 들려왔다.

"그대들이 미국에서 온 자들인가?"

갑자기 들려오는 말소리에 사람들은 연신 주변을 두리번거리기 시작했다.

하지만 주변엔 눈을 부리부리하게 뜬 채로 사방을 경계하는 군인들밖에 없었다.

저자들이 말을 한 것이 아니었다.

그러다가 한 명이 우연히 하늘을 바라보았다.

"헉!"

우연히 하늘을 바라본 장교는 무언가를 보고는 화들짝 놀라며 바닥에 주저앉았다.

그 모습에 다들 무엇 때문에 저러는지 확인하기 위해 고개를 들어 하늘을 바라보았다.

"헉!"

"저, 저게 뭐야!"

"사, 사람이 고, 공중에 떠 있어!"

그들이 바라본 하늘에 사람으로 보이는 것이 둥실거리며 떠 있었다.

"귀, 귀신?"

누군가가 중얼거리며 신기한 광경에 넋을 잃고 있을 그때였다.

"추웅!"

하늘에 있는 인물을 발견한 조선군이 일제히 동작을 바로잡고는 우렁찬 목소리로 외쳤다.

그 소리에 화들짝 놀란 미국 장교들에게 하늘에 떠 있던 조선의 임금, 영웅이 입가에 비릿한 미소를 지으며 천천히 하강했다.

그리고 유창한 영어로 그들에게 물었다.

"네놈들이 나의 조선을 침범하려 한 놈들이더냐?"

영웅이 이들을 궁으로 오게 한 것과 이들 앞에서 이렇게 하늘을 날아 신비한 분위기를 연출하는 모든 것이 전부 계획

되어 있는 행동들이었다.

영웅은 이들을 앞으로 시작할 개항에 써먹으려 했다.

이들을 선두에 내세우고 다른 나라를 상대하게 할 심산이었다.

아무래도 동양인보다는 서양인이 나서면 더 이야기가 쉽게 진행될 것이고, 서양인이 진실로 믿고 따르는 왕이라면 저들도 함부로 못 하리라는 것이 그의 생각이었다.

가장 큰 이유는 동양인을 우습게 아는 서양인들의 인식을 바꾸기 위함이었다.

그러기 위해서는 누구보다 완벽하게 자신을 믿고 따르게 만들어야 했다.

가장 좋은 방법은 자신을 신격화하는 것이었다.

물론 이것은 영웅이 생각한 방법이 아니었다. 그의 주변인들이 생각해 낸 방법이었다.

자신들이 생각했을 때 이것이 가장 확실하고 좋은 방법이라고 여겼다. 그래서 영웅이 난감해했을 때도 밀어붙였다.

사실 영웅은 이런 낯간지러운 것은 별로 좋아하지 않았다.

저들을 휘어잡아야 한다면 무력도 나쁘지 않다고 생각하는 사람이 바로 영웅이었다. 쉽게 갈 수 있는 길이 있는데 왜 굳이 힘든 길을 선택하는지 이해를 못 했다.

정말로 저들이 조선을 위협한다면 그때는 진짜 재앙이 무엇인지 보여 줄 수 있는 유일한 사람이 바로 영웅이다. 그런 존재에게 이런 연극을 시키다니.

그래도 자신의 주변에서 자신을 저렇게 생각해 주는 이들의 마음인데 차마 거절할 수는 없어서 이렇게 장단을 맞춰 주고 있는 것이다.

이 방법이 먹힐 것이라고는 조금도 생각하지 않았다.

그냥 어디서 이상한 속임수 같은 것을 쓰는 것이라 여기지, 누가 이걸 진짜라고 생각하겠는가.

일단 장단을 맞춰 주고는 있지만 시큰둥한 영웅이었다.

그때 사령관이 하늘에서 천천히 하강하는 영웅을 보고 이게 지금 무슨 상황인지 이해가 가지 않는 표정으로 멍하니 중얼거렸다.

"마, 말도 안 돼. 우리가 꿈을 꾸고 있는 것인가?"

멍하니 서 있던 사령관은 이내 경악한 표정으로 영웅을 바라보며 부들부들 떨었다.

그러는 동안 영웅의 몸이 땅에 착지했다.

"대답이 없군."

역시나 저들은 믿지 않았다.

오히려 현실을 부정하며 정신을 놓으려 하고 있었다.

"이, 이건 꿈이야. 현실이 아니야!"

"꾸, 꿈에서 깨자. 꾸, 꿈이 아니라면 이건 화, 환각이야! 그, 그래. 피곤해서 헛것이 보이는 거야."

다들 혼란스러워하며 갈팡질팡하기 시작하자, 영웅이 조

용히 손을 들어 그들을 향해 흔들며 말했다.

"사람이 말을 하는데 대답은 안 하고 딴짓을 해? 내가 정신이 번쩍 들게 해 주지."

영웅의 손짓에 사령관을 포함한 미국의 장교들이 일제히 바닥에 쓰러진 채로 고통에 몸부림치기 시작했다.

"끄으으윽!"

소금에 닿아 꿈틀거리는 지렁이들 같았다.

그런 그들을 바라보며 영웅이 말했다.

"짜릿하지? 그 짜릿함이 사라진 후에도 대답이 시원치 않으면 다시 처음부터 시작이다. 잘 알아들었지?"

영웅이 웃으며 질문했지만, 바닥에 있는 자들은 그럴 정신이 없었다.

대답조차 할 수 없을 정도로 극한의 고통이 그들의 몸을 휘감고 있었다.

잠시 동안 영웅이 내린 고통을 맛본 미군 장교들이 멍한 얼굴로 땅을 바라보며 앉아 있었다.

"여기 왜 왔어?"

"……."

대답이 없었다.

"이상하네? 재깍재깍 대답해야 하는데? 뭐지?"

뭔가 이상함을 느낀 영웅이 고개를 숙여 그들을 바라보았다.

"뭐야…… 기절했네."

너무도 고통스러운 나머지 눈을 뜬 채로 기절해 버린 것이다.

"아! 강화를 안 시키고 그냥 했구나. 나도 참, 어서 익숙해져야지. 자꾸 이런 실수를 하네."

잠시 볼을 긁적거리고는 그들을 깨우라고 지시했다.

이런 허접한 놈들에게 리스토어를 쓰기엔 너무도 아까웠다.

영웅의 명령에 병사들이 서둘러 찬물을 떠 와 그들의 얼굴에 뿌렸다.

촤악-!

"어푸푸푸!"

차가운 물에 정신이 번쩍 들었는지 고개를 마구 흔들며 호들갑을 떨었다. 다들 지금 이게 무슨 상황인지 제대로 파악을 못 하고 있는 듯했다.

그때 귀에 들려온 목소리에, 몸이 저절로 반응했다.

"잘 쉬었어? 아주 기분이 좋았나 봐? 꿀잠 자던데."

귀를 통해 머릿속으로 들어온 영웅의 말에, 동시에 반응하며 벌떡 일어나는 미군 장교들이었다.

"아, 아닙니다!"

자신들이 왜 부동자세를 하고 큰 소리로 대답하고 있는지 이해가 되지 않았지만, 몸이 자동으로 반응하고 있었다.

자신도 모르는 생존 본능이 발현되고 있는 것을 생생하게 체험하고 있었다.

그런 그들의 반응이 마음에 들었는지 영웅이 고개를 끄덕이며 물었다.

"여기 왜 왔어?"

"네?"

자신도 모르게 나온 반문.

그 한마디가 가져올 재앙을 이때까진 알지 못했다.

"아직 상황 파악이 덜 되었나 보네."

영웅이 웃으며 다시 손을 들었다.

그 모습에 미군 장교들이 기겁하며 일제히 달려들어 그것을 말리려 했다.

쓰윽—!

인생은 타이밍이다.

지금 그 타이밍이 이들에게는 주어지지 않았다.

"끄아아아아아악!"

"끄으으윽!"

"꺼어어어!"

이번엔 기괴하게 몸이 꺾인 채로 연신 고통스러워하고 있었다.

그 모습을 지켜보던 금군도 차마 지켜보지 못하고 눈을 감았다.

자신들의 왕이자 천신인 영웅은 적에게는 절대로 자비를 베풀지 않기로 유명했다.

그리고 저 과정을 거치면 세상 누구보다 영웅을 따르는 추종자가 되었다.

딱—!

그렇게 또 한참의 시간이 흐르고, 영웅이 손가락으로 소리를 내자 미군 장교들의 몸을 휘감았던 고통이 서서히 사라지기 시작했다.

"헉헉헉!"

"쿨럭! 쿨럭!"

온몸이 땀으로 범벅이 된 것으로도 모자라서 마치 샤워를 하고 나온 것처럼 바닥이 흥건하게 젖어 있었다.

사람들의 표정은 넋이 나가 있었고 연신 거친 숨을 몰아쉬고 있었다.

그들의 동공은 초점 없이 허공을 바라보고 있었다.

"자, 집중."

영웅의 목소리가 그들의 귀에 들어가자 집 나갔던 초점이 순식간에 돌아와 초롱초롱하게 변했다.

목숨을 걸고서라도 집중하겠다는 굳은 의지가 보였다.

그들은 한마디라도 놓치지 않겠다는 표정으로 영웅을 바라보았다.

"좋아. 이제 좀 자세가 잡혔군. 여기 온 목적."

"네! 본국에서 조선을 강제 개항하라는 명령을 받고 왔습니다!"

"오호! 우리 조선을? 만만해 보였나 보지?"

"그렇습니다! 세상 만만하게 생각했습니다!"

영웅이 듣기 좋으라고 에둘러 말할 법도 한데 이들은 절대로 거짓을 말하지 않았다.

그래서는 안 될 것 같은 느낌이 자꾸 엄습했기 때문이었다.

그 느낌은 정확했다.

"하하, 좋아! 바로 그런 자세야. 입에 발린 말이 아닌 진실. 그것을 원한 거지. 만약 조선을 조금이라도 찬양하는 말이 나왔으면 처음부터 다시 시작하려고 했는데……. 살짝 아쉽네."

아쉬워하고 있었다.

악마였다.

자신들이 온 곳은 악마가 왕으로 군림하고 있는 곳이었다.

속으로 연신 자신들이 믿는 신을 찾으며 간절히 빌었지만, 자신들이 찾는 신은 멀리 있었고 악마는 바로 눈앞에 있었다.

"아무리 찾아도 안 와. 그러니 그만 찾고 나에게 집중."

영웅의 말에 다들 화들짝 놀라며 무슨 뜻인지 모르는 척 대답을 했다.

"저, 저희가 무, 무엇을 찾았단 마, 말입니까?"

"너네 신. 너네들이 믿는 신. 찾은 거 아냐? 아무리 불러도 안 와. 그러니까 그만 찾고 나에게 집중하라고."

"아, 알겠습니다."

무서운 악마였다.

자신들의 속마음까지 읽는 것 같았다.

아까 하늘에서 강림했을 때 눈치챘어야 했는데, 왜 그걸 이제야 깨달았을까.

후회해도 늦었다.

지금은 최대한 저 악마의 말을 들어야 했다.

"조선에 대한 정보는 어디서 들었어?"

"이, 일본입니다!"

"일본?"

"그, 그렇습니다! 그놈들이 분명히 조선은 못사는 나라라고 그랬습니다."

"우리가 못사는 나라다?"

"그렇습니다! 국민들 자체가 게을러서 일할 생각을 하지 않고 천 년 전의 과거에 머물러 있는 미개한 국가라고 했습니다!"

"이런 씨! 우끼끼 하며 벌거벗고 다니던 것들을 교육시키고 문명을 전수해서 사람 구실을 하게 만들어 줬더니! 감히 은혜도 모르고 그딴 소릴 해?"

미군 사령관의 대답에 분노하는 영웅을 보며, 모두는 두려움에 목을 잔뜩 움츠렸다.

"그래서 네가 보기엔 어때? 미개하냐?"

"아, 아닙니다! 조선이 미개한 나라라면 세계의 모든 국가는 원시시대에 살고 있어야 합니다! 풀어 주신다면 조선을 미개하다고 말한 그 일본 놈을 당장 가서 쳐 죽이겠습니다!"

"맞습니다! 풀어만 주신다면 그 일본 놈의 주둥이를 찢어 놓겠습니다!"

마지막 말은 진심이었다.

자신들에게 말도 안 되는 거짓을 말해서 악마의 소굴로 밀어 넣은 그놈은 이들에게 같은 하늘 아래에서는 절대로 살 수 없는 적이 되어 있었다.

이곳에 와 보니 그 일본 놈이 말한 것 중에 맞는 것이 하나도 없었다.

그 일본 놈은 자신들이 언제든 정복할 수 있는 나라가 조선이라고 아주 자랑스럽게 말도 했었다.

그 일본 놈의 말대로 정말로 일본이 조선을 침공한다면, 침공하는 그 순간 역으로 일본은 잿더미가 될 것이다.

그것을 어찌 아냐고?

일본이라는 말에 두 눈에서 불이 나올 것 같은 눈빛을 하는 영웅을 보면 답이 나왔다.

저 악마가 조선을 공격한 일본을 가만둘 리가 없을 테니까.

"일본 놈들을 손봐 주기는 해야 하는데……."

굳이 한국말이 아닌 영어로 중얼거리고 있었다.

"어찌 조질까나……."

그러면서 미국 장교들을 바라보았다.

그리고 사악한 미소를 지으며 부드러운 목소리로 말했다.

"너희가 좀 도와줘야겠다. 도울 수 있지?"

"물론입니다! 무엇이든 시켜만 주십시오!"

"언제든지 따를 준비가 되어 있습니다!"

저러다가 목청이 나가는 것이 아닐까 걱정될 정도로 우렁차게 대답하고 있었다.

그래도 궁금했다.

자신들의 도움이 필요한 일이 무엇일까?

"풀어 줄 테니 일본으로 돌아가서 소문을 퍼트려."

"무, 무슨 소문을 말입니까?"

"아까 너희가 말한 그 내용."

"저희가 말한 내용이라 하심은……. 조선이 미개하다는 그 말을 말씀하시는 것인지……."

"그렇지. 너무도 미개해서 개항하고 싶은 마음이 사라져서 다시 돌아왔다고 해."

"왜 그렇게 하시는지 이유를 여쭈어도……."

사령관의 말에 영웅이 한쪽 입꼬리를 더욱 올리며 대답했다.

"명분!"

명분이라는 말과 함께 웃는 모습이 진짜 악마 같았다.

달콤한 과일을 주면서 유혹하는 장면이 머릿속에서 그려지고 있었다.

일본에 조선이라는 나라의 거짓 정보라는 달콤한 과일을 넘기라고 말하고 있었다.

"그래야 그놈들이 신나서 쳐들어올 거 아냐. 쳐들어오면……. 명분이 생기지. 그놈들을 마음 놓고 실컷 조질 수 있는 명분이……. 그리고 다른 나라들은 우리가 아닌 일본을 욕하겠지. 크크크크크."

생각만 해도 짜릿하고 신나는지 몸을 부르르 떠는 영웅을 보며, 미군 장교들은 공포에 떨었다.

'아, 악마가 세, 세상에 나가려 하고 있다.'

'우리가 잠자고 있던 악마를 깨운 것인가? 이 죄를 어찌한단 말인가. 오, 신이시여.'

'신이시여. 이 악마로부터 저희를 보호해 주십시오!'

사색이 된 얼굴로 벌벌 떨면서 머릿속으로 어찌 해야 하나 고민하고 있었다.

일본은 시작일 것이다.

그다음 타깃은 어느 나라일까?

자신의 조국인 미국이 아니기를 간절히 바라고 또 바랐다.

문제는 저 악마가 시키는 대로 해야 하냐는 것이다.

분명히 풀어 준다고 말했다.

자신들을 믿고 풀어 주는 것은 절대로 아닐 것이다. 그렇다면 저기 있는 군사들을 붙여서 감시하는 것인가?

하지만 일본은 자신들의 영역이었다.

군사 몇을 붙여 봐야 소용이 없다는 말이었다.

이런저런 생각을 하며 연신 눈을 굴리는 그들을 보며, 영웅이 피식 웃었다.

"왜? 내가 풀어 준다니까 의심스러워?"

정곡을 찌르는 질문에 화들짝 놀라며 손사래를 치는 그들이었다.

"아, 아닙니다!"

"아니긴. 대놓고 표정으로 말하고 있으면서. 궁금하지? 내가 너희를 뭘 믿고 풀어 주는지?"

영웅의 말에 다들 조심스럽게 고개를 끄덕였다.

"이렇게."

영웅이 다시 손을 들어 휘저었다.

그 모습에 다들 기겁하며 몸을 움츠렸다.

조금 전의 고통이 다시 오리라고 생각하며 이를 악물었다.

그런데 이번에는 고통이 느껴지지 않았다.

"자식들, 겁은 많아서. 이건 별거 아니고 나를 배신하겠다고 생각하면 발동하는 일종의 제약이랄까?"

사람들은 영웅의 말이 이해되지 않는지 고개를 갸웃거리고 있었다.

그런 그들에게 영웅이 사악한 미소를 지으며 말했다.

"속으로 나를 배신하겠다고 생각해 봐. 아님, 나를 증오하는 생각을 하거나."

"네?"

"아, 아닙니다! 저희는 절대로……."

"알아! 안다고! 그냥 생각만 하라고."

영웅의 말에 다들 미심쩍은 표정으로 서로를 바라보았다.

그리고 그들의 표정은 이내 구겨지기 시작했다.

"끄아아아아악!"

"커허허허허헉!"

"으으으으윽!"

얼굴 전체가 순식간에 빨갛게 변하며 이를 악물고 고통에 바들바들 떨기 시작했다.

그리 길지 않은 시간이었지만 당하는 처지에서는 그게 아니었다.

단 5분.

하지만 이들이 느낀 시간은 5시간 같았다.

"헉헉!"

"쿨럭! 쿨럭!"

"이, 이게 무슨?"

다들 넋이 나간 표정으로 영웅을 바라보았다.

"나를 배신하거나 나를 증오하는 생각을 하면 그 고통이 찾아갈 거야."

영웅의 말에 다들 속으로 욕을 퍼부었다.

'미친 악마 새끼야! 그런 건 그냥 말로 하라고!'

'이 빌어먹을 악마 새끼가!'

잠시 이성을 잃고 속으로 한 욕에 화들짝 놀라며 정신을 차리는 그들이었다.

다행히 욕에는 반응을 안 하는 것 같았다.

그 이유는 영웅이 친절하게 설명해 주었다.

"속으로 내 욕 했구나? 자식들."

"아, 아닙니다!"

"아냐. 해도 돼. 속으로 하는 것까지 막으면 숨 막혀서 어찌 사냐. 뭐 그 정도는 마음씨 넓은 내가 이해해 준다. 아, 나는 너무 착한 거 같아. 이런 배려심이라니. 안 그러냐?"

"그, 그렇습니다!"

"마, 맞습니다!"

'빌어먹을 악마 새끼. 양심도 없나?'

욕은 해도 된다니 맘 놓고 속으로 욕을 싸지르는 그들이었다.

"그래도 악마 새끼는 좀 너무한데? 응?"

영웅이 눈을 가느다랗게 뜨며 방금 악마 새끼라고 생각한 사령관을 지그시 바라보았다.

그 모습에 사령관이 온몸에 식은땀을 흘리며 변명했다.

"어, 어디까지 괜찮은지 시, 시험해 보느라고…… 죄, 죄송합니다!"

사령관의 말에 영웅이 피식 웃으며 말했다.

"그냥 찔러본 건데, 당황하기는. 나한테 당한 놈들이 속으로 하는 욕들은 대부분 정해져 있거든."

영웅의 말에 부들부들 떠는 것을 보니 분한가 보다.

"아! 내가 깜박하고 말하지 않은 것이 있는데 배신을 생각할 때마다 고통의 시간은 두 배씩 늘어난다. 이제 다음은 10분 동안 고통이 올 거야. 물론 더 짜릿한 고통이 갈 것이고."

한마디로 시간과 고통의 강도가 더해진다는 소리였다.

그 말에 다들 사색이 되어 영웅을 바라보았다.

"자, 이제 각자 맡은 임무를 다해라. 알겠지? 몇 개월 내로 일본에서 뭔가 움직임이 없으면…… 나 매우 실망할 거야."

혓바닥으로 입술을 핥으며 말하는 영웅의 모습에 다들 기겁을 하며 고개를 힘차게 끄덕였다.

"아, 알겠습니다!"

"우, 움직이지 않으면 그 새끼들 왕을 족치는 한이 있더라도 움직이게 만들겠습니다!"

"믿어 주십시오!"

그들의 반응에 영웅이 만족스러운 미소를 지으며 고개를 까닥거렸다.

어서 가 보라는 신호였다.

그것을 본 사람들이 슬금슬금 움직이더니 이내 몸을 일으켜서 재빨리 나가기 시작했다.

조금이라도 이 공간을 빨리 벗어나고자 하는 몸부림으로 보였다.

그들이 나가는 것을 보던 영웅은 즐거운 미소를 지으며 중얼거렸다.

"이제 슬슬 세상에 우리 조선의 위대함을 알려 볼까?"

＊＊＊

미군들이 일본으로 철수를 하고 시간이 빠르게 지나갔다.

부산 앞바다에 검은 연기를 연신 내뿜으며 항해를 하는, 증기로 움직이는 군함이 모습을 드러냈다.

그들은 일본에서 온 군함이었다.

천천히 부산을 돌면서 조선의 해안가를 측정하고 있었다. 이에 조선에서 항의하자 그들은 비웃으며 갑자기 포를 쏘기 시작했다.

쾅- 쾅- 쾅-!

천둥이 치는 소리와 함께 그들의 배에서 포성이 사방으로 울려 퍼졌다.

만약 과거였다면, 조선의 백성들이 혼비백산하면서 도망을 치거나 당황했겠지만, 지금의 조선은 그들이 알던 조선이 아니었다.

조선 백성들은 그런 일본의 배를 보며 비웃었다.

"뭐야? 저 고깃배는?"

"내 듣기로는 왜놈들이 보낸 배라고 하더군. 그리고 고깃배가 아니고 군함이라던데?"

"에게, 저게? 딱 보니 오징어나 잡으러 가면 좋을 크기구먼. 그런데 저놈들이 뭔 일로 여기는 기어들어 왔다느냐? 뒈지려고."

"모르지. 또 침략하려고 저러는 건지도."

"침략? 하하하하! 제발 그랬으면 좋겠군. 예전에 우리 선조들이 당했던 임진란의 복수를 할 수 있게 말이야. 내가 아주 자원입대를 해서라도 저 새끼들 사지를 찢어 버릴 거여."

"나도 당연히 그럴 것이지만 우리 주상 전하께서 어련히 알아서 하시겠는가? 우리는 그저 나라님만 믿고 할 일이나 열심히 하면 되는 일일세."

조선의 백성들은 알고 있었다.

작금의 조선이 가진 군사력을 말이다.

한편, 부산의 발전된 모습을 저들은 보지 못하고 있었다.

이유는 SSS급 환술사 차태성이 전국에 설치한 환영 결계의 영향이었다.

물론, 차태성의 기운만으로는 한반도 전체에 저런 결계를 치는 것은 무리였다. 영웅이 자신의 기운을 듬뿍 불어 넣어 주었기에 가능했다.

육지로 직접 들어오지 않는 한 조선의 진실한 모습이 보이지 않게 환영진을 펼쳐 놓은 것이다.

그래서 지금 일본 군함에 비치는 부산은 그들이 흔히 알고 있는 가난한 나라 조선의 모습이었다.

자신들이 보고 싶은 모습을 투영해서 보여 주는 환영이기에, 그들의 눈에는 부산에 있는 조선의 백성들이 놀라서 여기저기 도망가는 모습으로 보였다.

자신들이 보고 있는 것이 환영인지 모르는 일본군이 입가에 비릿한 미소를 지으며 웃었다.

"저 미개한 놈들을 보게. 겨우 대포 몇 방에 저리 혼비백산을 하고 있어."

"조선이라는 나라는 이제 그 기운이 다한 것이지요. 어찌할까요?"

"어찌하긴? 조선의 해안선을 모두 측량하고 한양이 있는 곳으로 배를 돌린다."

"하잇!"

그런 그들의 움직임을 전부 지켜보는 자들이 있었다.

바로 조선 해군의 잠수함대였다.

바닷속에는 해상에 있는 일본 군함보다 더 커다란 잠수함이 그들의 뒤를 따르고 있었다.

"저놈들 그냥 격침시키면 안 됩니까? 저 오만방자한 모습을 보십시오!"

"명령만 내려 주십시오! 당장 어뢰를 발사하여 두 동강을 내 버리겠습니다!"

흥분하는 대원들을 바라보며 함장이 그들을 진정시켰다.

"진정해라. 전하께서 내리신 명이다. 차후에 따로 명이 내려올 때까지 저들을 그냥 두라고."

"저, 전하께서요?"

함장이 고개를 끄덕이자 그들은 순식간에 흥분을 가라앉히며 각자의 자리로 돌아갔다.

그 모습을 보며 함장은 입가에 미소를 지었다.

'주상 전하의 명이라니까 군소리 없이 제자리로 가는군. 왜놈들아, 너희는 시기를 잘못 골랐구나. 명령만 내려오면 네놈들은 내 손으로 직접 수장시켜 주마.'

함장은 섬뜩한 미소를 지으며 잠망경을 열심히 들여다보았다.

바닷속에서 자신들을 따라오는 것을 알 리가 없는 일본 군함은 유유히 바다를 가르며 조선의 해안선을 따라 움직였다.

"더 접근한다면 가만두지 않을 것이다!"

조선의 해안가를 돌면서 강화까지 올라온 일본 군함을 향해, 강화 해협을 방어하는 장수가 경고를 날렸다.

그런 경고를 가뿐히 무시하고 보트를 내려 육지로 상륙하려 시도하는 일본군이었다.

일본군이 보트를 내려 강화도로 전진하자 조선의 장수가 외쳤다.

"방포하라!"

퍼퍼퍼펑-!

첨벙- 첨벙- 첨벙-!

포탄이 일본군들의 보트 옆에 떨어지며 물보라를 일으켰다.

"위험합니다! 일단 저 빌어먹을 해안포들부터 처리하고 가는 것이 어떻겠습니까?"

"칙쇼! 빌어먹을 새끼들! 전부 철수하라!"

일본군은 다시 배를 돌려 자신들의 군함으로 돌아갔다.

그들이 배에 올라타자 곧이어 일본 군함에서 일제히 포격이 시작되었다.

퍼퍼퍼퍼퍼펑-!

슈우우우웅-!

콰콰콰콰쾅—!

근대식 대포로 무장한 일본의 군함에서 일제히 쏘아 올린 포탄은 강화도의 해안포가 있는 곳을 초토화하고 있었다.

물론, 그곳에는 이미 사람이 존재하지 않고 있었다.

저들이 본 사람들의 움직임은 전부 환영이다.

하지만 일본군의 눈에는 처참하게 죽어 가는 조선의 장병들이 환영이 보였다.

그들은 환호했지만, 알지 못했다.

이것이 조선의 왕이 노리던 상황이라는 것을 말이다.

"정확하게 봤지? 저들이 먼저 공격한 거다? 명백한 침략, 오케이?"

"저, 정확하게 봤습니다!"

"나중에 확실하게 증언해야 한다. 알았지?"

"무, 물론입니다!"

일본 군함이 강화도를 향해 포격을 하는 그때 영웅이 강화도에서 그것을 지켜보고 있었다.

그런 영웅의 옆에서 같이 지켜보며 땀을 흘리는 자는 바로 미군 함대의 사령관이었다.

그도 일본으로 돌아가려 했지만, 영웅이 미소를 지으며 너는 이곳에서 할 일이 있다며 막았다.

그리고 지금 그 할 일을 듣는 중이었다.

사령관은 지금 저기에서 신나게 포를 쏘는 일본군들을 보며 미리 명복을 빌었다.

'불쌍한 놈들. 자신들이 지금 악마의 함정에 빠진 것도 모르고 저리도 신이 났구나.'

그렇게 명복을 빌어 주고 다시 영웅을 바라보고는 자신도 모르게 침을 삼켰다.

영웅이 무시무시한 표정을 지으며 그들을 바라보고 있었다.

'저, 절대로 우, 우리 미국이 조, 조선과 척을 지는 최악의 사태가 벌어져선 안 된다. 시, 신께서 나를 조선에 보낸 이유가 바로 이것이다! 저, 저 악마로부터 나의 조국을 지키라고.'

연신 침을 삼키며 속으로 다짐을 하고 또 하는 사령관이었다.

사령관이 침을 삼키며 영웅의 눈치를 살피고 있던 그때, 옆에서 같이 지켜보고 있던 천민우가 물어 왔다.

"어찌할까요?"

"압도적인 힘을 보여 주고 조져. 그리고 몇 놈 살려서 재수가 없는 포탄에 맞아 침몰했다고 세뇌시켜서 돌려보내."

"알겠습니다."

영웅의 명령에 천민우는 고개를 숙이고는 순식간에 어디론가 사라졌다.

사령관은 그 모습을 보며 다시 침을 삼켰다. 몇 번을 봐도 적응되지 않는 장면이었다.

저렇게 사람이 순식간에 사라지는 것을 어찌 적응한단 말인가.

사령관은 눈을 질끈 감고 생각했다.

'이, 이곳은 인간들이 사는 곳이 아니야. 도대체 우리는 무엇을 건드리고 깨운 것인가……'

한편, 천민우의 연락을 받은 조선의 근위 함대가 일본 군함이 있는 곳을 향해 전진하기 시작했다.

이미 그들은 강화도 근처에서 매복하고 있었다.

명령이 내려오면 언제든지 출항할 수 있도록 모두 만반의 준비를 한 채 기다리고 있었다.

물론, 강화도를 향해 포를 쏘는 그들을 보며 분노하고 있었다.

조선을 얼마나 우습게 알았으면 저리도 오만방자하게 행동한단 말인가.

이제 자신들이 한 일이 얼마나 엄청난 일인지 알려 줄 시간이 왔다.

조선 근위 함대는 일본 군함과는 그 크기부터가 달랐다.

일단 일본 군함은 대략 25t의 배수량을 자랑했다. 반면 조선 근위 함대의 군함들은 작게는 2,500t부터 많게는 30,000t급까지 보유하고 있었다.

체급부터가 차원이 달랐다.

거기에 일본 군함은 목조로 만들어졌지만, 조선의 근위 함대는 전부 강철로 만들어진 철선들이었다.

속도도 달랐다.

일본 군함은 증기기관이었고 조선 근위 함대는 내연기관을 이용했다.

함포 또한 차원이 달랐다.

함포는 비교 자체가 근위 함대에 실례였다.

아무것도 모른 채 신나게 함포를 쏘아 대던 일본 군함에 조선의 근위 함대가 빠른 속도로 접근하기 시작했다.

조선의 근위 함대는 엄청난 크기를 자랑했기에 일본 군함에게 금방 발견되었다.

"비, 비상! 비상! 부, 북쪽에서 수상한 함선들이 접근 중!"

"뭐?"

"조선의 군함들인가?"

"모, 모르겠습니다! 다, 다만 그 크기가 엄청나게 큽니다!"

"뭐? 얼마가 크길래."

일본 군함의 사령관이 망원경을 들어 북쪽을 바라보려 했다. 하지만 그럴 필요가 없었다.

구름 한 점 없는 맑은 하늘 아래에 거대한 함대가 그들의 눈에도 확실하게 보였기 때문이다.

"저, 저게 뭐야!"

"배, 배가 저렇게 크다고?"

"미, 미군 함대가 아닐까요? 미군에는 저런 함대가 있다고 들었습니다."

"미군이 여길 왜? 저건 미군 함대가 아니다!"

"조, 조선의 깃발입니다!"

"뭐?"

견시수의 외침에 망원경을 들어 펄럭이는 깃발을 확인하는 사령관이었다.

"마, 맙소사! 지, 진짜잖아!"

콰쾅─!

다들 놀라서 허둥대고 있을 그때 그 거대한 배에서 우레와 같은 소리와 함께 포성이 울렸다.

"저, 저 거리에서 포를 쏜다고? 서, 설마 우리에게 쏘는 것은 아니겠지?"

"서, 설마요. 저기서 여기까지 거리가 얼만데……."

첨벙─ 첨벙─!

퍼퍼펑─ 퍼펑─!

그 말이 끝나기가 무섭게 자신들의 군함 양옆으로 거대한 물보라를 일으키며 포탄들이 폭발했다.

폭발로 인해 생성된 물보라는 이내 소나기처럼 일본 군함으로 쏟아졌다.

쏴아아아─!

그 엄청난 광경에 사령관을 비롯한 일본군은 경악하며 크게 당황했다.

"마, 말도 안 돼! 조, 조선에 저, 저런 배가 있다니!"

"지금 그렇게 감탄하고 있을 때가 아닙니다! 어찌할까요? 대응할까요?"

수하의 말에 사령관이 얼굴이 벌게진 채 버럭버럭했다.

"대응? 장난해? 지금 저 먼 거리에 포를 쏘자고? 그게 가능하다고 생각해? 당장 배를 돌려서 본국으로 후퇴한다! 본국에 알려야 한다. 조선이 엄청난 배들을 보유하고 있다고!"

"하잇!"

일본 군함이 재빠르게 선체를 돌려 최대 속도로 남쪽을 향해 움직였다.

"더 빨리! 가용할 수 있는 최대 속도로 움직여! 돛이란 돛은 전부 펼쳐!"

"하잇!"

이곳을 최대한 빠르게 벗어나야 한다는 압박감에 부하들을 닦달하는 사령관이었다.

저들의 배가 크니 속도에선 자신들이 유리하다고 생각한 것이다.

'빌어먹을! 죠센진 놈들이 어디서 저런 배를 얻었을까? 청나라인가? 그것도 아니면 러시아?'

연신 머리를 굴리며 저 배를 어디서 구했을지 추리하는 그였다.

그런 그에게 부관이 다급하게 외쳤다.

"부, 북쪽! 적들이 서서히 거리를 좁혀 옵니다!"

"뭐?"

그 소리에 사령관이 벌떡 일어나 재빨리 북쪽을 바라보았다.

정말로 자신들을 쫓아오고 있었고, 심지어 거리가 점점 좁혀지고 있었다.

"저, 저 덩치에 소, 속도까지 빠르다고? 심지어 돛도 없는 배가? 이게 진짜 현실이라고? 조선 따위가 저, 저런 괴물 같은 배들을 소유하고 있다고?"

지금의 상황이 믿기지 않는지 연신 넋이 나간 얼굴로 중얼거리는 함장이었다. 그런 함장에게 부관이 다급하게 외쳤다.

"점점 더 거리가 가까워져 저희 포격 사정거리 안에 들어왔습니다! 어찌할까요?"

"대응해! 죽든 살든 일단 발버둥을 쳐야 할 거 아니야! 공격해!"

"하잇!"

퍼퍼퍼펑—!

공격 명령을 하달받은 일본의 군함들은 자신들의 포격 사거리에 조선 군함들이 들어오자 일제히 포를 쏘며 저항하기 시작했다.

콰콰쾅—!

일본 군함에서 발사된 포탄들은 일제히 조선 군함의 선체에 명중하였고, 그것을 본 일본 함대의 병사들은 환호성을 외쳤다.

"명중이다! 하하하! 맛이 어떠냐!"

제일 선두로 달려오던 배에 포탄이 명중되면서 생성된 자욱한 연기에 배의 모습이 보이지 않았다.

하지만 정통으로 맞았는데 멀쩡할 리가 없다고 생각한 그들은 환호했다.

후욱-!

그때 자욱했던 연기 사이로 조금 전에 명중한 배의 선미가 모습을 드러냈다.

조금의 상처도 나지 않은 모습에 환호하던 일본 군함의 사람들은 그 자세 그대로 멈춰 버렸다.

"뭐야 저게……? 머, 멀……쩡하다고? 정통으로 얻어맞았는데?"

"시, 심지어 상처 하나 없어……. 전혀 파괴되지 않았다고?"

말도 안 되는 장면에 일본 군함의 함장이 멍한 얼굴로 중얼거렸다.

"함장님!"

함장이 정신을 놓으려 하자 옆에 있던 부관이 큰 소리로 그의 정신을 돌아오게 했다.

"어찌합니까?"

부관의 말에 함장이 멍한 표정으로 그를 지그시 바라보며 오히려 되물었다.

"이 상황에서 뭘 더 하란 말이냐? 도망도 갈 수 없고 공격을 해도 먹히질 않는데. 응? 뭘 더 할 수 있냐고."

괴물 같은 조선의 군함을 직접 경험한 일본 군함의 함장이 모든 것을 내려놓은 듯한 표정으로 부관에게 말했다.

부관 역시 함장과 같은 생각이었다.

그런 그들의 눈에는 가까운 거리까지 다가온 조선의 군함들이 보였다.

가까이서 보니 멀리서 보던 것과는 다른 압도적인 느낌이었다.

조선 군함에 비하면 자신들의 배는 쪽배 같아 보였다.

"저, 저렇게 큰 배가 존재하다니……. 우리가 알던 조선이 아니다. 조선은 세상을 속이고 있었어."

그렇게 모든 것을 내려놓고 홀로 중얼거리고 있을 때, 조선 군함에서 음성이 들려왔다.

─항복하라. 항복하지 않으면 격침하겠다.

일본어였다.

저들은 자신들의 언어로 항복을 종용하고 있었다.

치욕적이었다.

하지만 자신들이 할 수 있는 것은 아무것도 없었다. 훗날

이 치욕을 갚아 주기 위해서라도 지금은 고개를 숙이고 참아야 한다고 생각했다.

생각을 모두 정리한 함장이 부관을 바라보며 고개를 끄덕였고 부관은 재빨리 나가 배에 백기를 걸었다.

항복하고 조선의 군함으로 옮겨 탄 이들이 받은 충격은 더했다.

자신들보다 더 깔끔하고 단정하게 차려입은 조선 해군의 모습에 놀랐고, 배 안에 있는 시설들에 또 놀랐다.

"저, 정말로 배 전체가 강철로 만들어졌어."

"이런 배를 만들어 내다니……. 이 배가 세상에 나가면 세상의 바다는 조선의 차지가 되겠습니다."

"조선은 정말로 세상을 속이고 있었다."

"아니, 여태껏 속여 놓고 왜 우리에게 이렇게 공개하는 것일까요?"

"이제 더 이상 숨길 필요가 없다는 소리겠지."

"하지만 저희가 여기까지 오면서 본 조선의 모습은 우리가 익히 알고 있던 그 미개한 조선의 모습 그대로였습니다."

"그것도 저들의 눈속임이겠지. 우리처럼 정찰을 오는 다른 나라를 속이기 위한……."

"다른 나라를 속이기 위해 그렇게까지……."

"잠자던 호랑이가 드디어 눈을 떴는가. 우리 대일본 제국을 위해 영원히 잠들어 있기를 바랐건만……."

함장은 근심 어린 목소리로 자신의 조국이 있는 곳을 바라보며 한숨을 쉬었다.

자신들이 받은 치욕을 갚기 위해 절치부심을 하려 했지만, 왜인지 그것은 실현될 수 없는 헛된 희망이 될 것 같은 기분을 느꼈기 때문이다.

영웅은 차태성에게 사로잡은 일본군에 전부 거짓 세뇌를 시켜 돌려보내라 명령을 내렸다.

세뇌를 당하고 일본으로 돌아간 일본군은 자신들이 당한 사실을 세뇌당한 대로 전달하였다.

조선에 생각보다 많은 해군들이 존재했고, 자신들은 그들과의 전투에서 최선을 다해 싸웠지만 수적 열세로 인해 졌다는 것.

또한 조선의 전함은 아직 자신들에 비할 바가 아니라는 가짜 정보를 넘기게 만든 것이다.

이야기를 확실하게 믿게 하려고 그들의 군함 이곳저곳에 포탄이 떨어진 흔적까지 만들어 보냈다.

이들을 놓아준 조선은 이제 세상에 나갈 준비가 다 되었다고 생각했는지 본격적으로 움직이기 시작했다.

먼저 전투 함대를 보내 아이누족이 사는 에조(홋카이도)를 점령하게 하고 류쿠왕국(오키나와)을 조선의 영토로 복속시켰다.

이 사실은 그대로 일본 제국에 전해졌다.

쾅-!

"칙쇼! 이게 무슨 소린가! 조센진 놈들이 감히 대일본 제국의 신성한 영토를 침범했다는 소린가?"

"하잇! 저들이 동시다발적으로 양쪽을 공략했다고 합니다!"

"조센진 놈들이 이리 나올 줄 모르고 우리가 너무 방심하고 있었구나. 오냐! 저들이 전쟁을 원한다면 해 줘야지. 이번엔 반드시 조선을 정복해서 저들을 모조리 노예로 만들어 버리고 그들의 왕을 개처럼 끌고 다니겠다!"

조선의 침공에 분노한 일본은 조선에 항의 서한을 보내고 조선에 전쟁을 선포했다.

이에 조선은 너희가 먼저 침략했다, 적반하장이라며 항의 서한을 사신이 보는 앞에서 찢어 버렸다.

그에 사신은 조선에 대해 이를 바득바득 갈면서 이 일을 본국에 과장해서 보고했다.

"뭐라고? 뭘 어찌했다고? 다시 말해 봐."

"조선 놈들이 각하의 서신을 제가 보는 앞에서 찢어 버리고 미개한 섬나라 원숭이들이 하늘 무서운 줄 모르고 나댄다고 했습니다."

"쿠소! 예의도 없는 이런 빌어먹을 조센진들! 당장 출진해서 대일본 제국의 무서움을 보여라!"

　"병력은 어느 정도로 할까요?"

　"동원할 수 있는 것들 모조리 모아서 아주 철저하게 밟아
버려!"

2장

사신에게 그 내용을 전달받은 일본 정부는 크게 분노하며 전군을 동원하라고 길길이 날뛰었다.

하지만 겨우 조선을 상대로 그러는 것은 오히려 일본 제국의 얼굴에 먹칠하는 것이라고 생각한 대신들과 장교들의 만류에 전군 동원령은 거두어졌다.

조선에 대한 정보를 취합한 사령부는 그 즉시 군함 8척과 군사를 모아서 조선으로 출정시켰다.

전해 들은 정보라면, 조선을 정복하기에 이 정도 전력이면 충분하다고 생각한 것이다.

힘차게 전진하는 여덟 척의 전함이 잔잔한 바다를 갈랐고, 수십 척의 수송함이 줄 지어 이동하고 있었다. 그중 가운데에 있는 지휘함 속에선 그들을 총지휘하는 전군 사령관이 부관들과 웃으며 대화를 나누고 있었다.

"크큭, 고작 다 무너져 가는 조선 따위를 치는데 전군을 동원할 필요까지 있을까? 그건 다른 의미로 치욕이야. 정부에서 우리의 말을 들어서 망정이지, 하마터면 치욕스러울 뻔했어."

"그러니까 말입니다. 이 정도 전력이어도 조선 놈들 보자마자 바지에 오줌을 지리고 도망치는 것은 아닌지 모르겠습니다."

"크하하하! 그럴지도 모르지. 제군들! 조선을 정벌하면 마음껏 너희가 하고 싶은 만큼 약탈해도 된다. 이 고생을 하는데 얻어 가는 것은 있어야 하지 않겠나."

전군 사령관의 말은 곧 모든 병사에게 전해졌다. 병사들은 일제히 전군 사령관의 이름을 외치고 환호를 질렀으며, 병사들의 사기는 하늘을 찌를 듯이 올라갔다.

병사들 역시 조선과의 전쟁은 대수롭지 않게 생각하고 있었다.

그렇게 여덟 척의 전함과 병력을 태운 수십 척의 수송함이 천천히 서해를 거슬러 올라가고 있었다.

곧바로 한양을 향해 진격하는 것이다.

아직까진 별일 없이 평화로운 항해를 지속하고 있었기에 병사들도 전혀 긴장하지 않은 모습으로 여기저기서 느긋한 항해를 즐기고 있었다.

그때 함선 위에서 감시하고 있던 병사가 지루함에 하품을 하다가 특이한 물결을 보고는 멈칫했다.

그리고 고개를 갸웃거리며 그것을 자세히 바라보았다.

"저게 뭐지?"

마치 살아 있는 것처럼 자신들의 배를 향해 다가오는 물결을 보며 병사는 고개를 갸웃거렸다.

처음 보는 광경에 신기해서 그것을 뚫어지게 바라보았고 그것이 이 병사의 이승에서의 마지막 기억이었다.

콰쾅-!

바다를 거슬러 와 배의 밑으로 들어간 무언가가 거대한 폭발을 일으키며 일본의 전함 한 척을 두 동강 내 버렸다.

반으로 쪼개진 전함은 그야말로 순식간에 바다 밑으로 가라앉아 버렸고, 수많은 일본군이 같이 빨려 들어가며 목숨을 잃었다.

"아아악!"

"사, 사람 살려!"

"사, 살려 줘!"

쿠그그그긍-!

배가 바닷속으로 침몰하면서 내는 괴기스러운 소리와 사람들의 절규가 고요했던 서해 바다에서 울려 퍼지기 시작했다.

"뭐, 뭐야!"

엄청난 굉음에 깜짝 놀란 일본 총사령관이 다급하게 갑판으로 뛰쳐나왔다.

갑판으로 나온 사령관의 눈에 보인 것은 벌써 대부분이 바닷속으로 잠겨 가는 전함 중 하나였다.

여기저기 떠 있는 배의 파편들과 살려 달라고 울부짖는 병사들의 모습이 공격을 당했다는 사실을 알려 주고 있을 뿐이었다.

"피, 피격을 당한 것 같습니다!"

"나도 알아! 그러니까 어디서! 주변을 둘러봐! 아무것도 없어! 심지어 육지에서 날아오는 눈먼 포탄에 손해를 입을까봐 멀찌감치 떨어져서 이동하고 있었다. 도대체 누가 공격을 한 거야!"

"하지만 저 파편은 피격을 당했을 때 보이는 모양입니다! 거기에 암초에 부딪혔다고 하기엔 저곳은 방금 저희가 지나온 항로입니다!"

부관의 말이 맞았다.

저 배가 침몰하는 위치는 방금 자신이 탄 배가 지나온 항로였다.

자신의 배뿐 아니라 앞장서서 가고 있는 수많은 배 역시 지나왔던 항로였다.

암초가 있었다면 진작에 피해를 입었을 것이다.

하지만 공격을 당했다고 하기에도 문제가 있었다.

사방 어디를 봐도 자신들을 공격할 만한 것이 존재하지 않았다.

정말로 귀신이 곡할 노릇이었다.

그때 어디선가 물길을 가르는 소리가 들려왔다.

슈아아아아-!

"이게 무슨 소리지?"

"그, 글쎄요? 처음 듣는 소리입니다."

슈아아아아아-!

소리가 점점 가까워져 오고 있었다.

콰쾅-!

그 소리에 귀를 기울이는 그 순간, 사령관이 탄 전함 옆의 수송함이 엄청난 굉음과 함께 폭발을 일으키며 두 동강으로 갈라졌다.

말도 안 되는 엄청난 광경에 사령관을 포함해 모든 장교와 병사들이 경악한 표정으로 그것을 바라보았다.

"고, 공격입니다!"

"……."

"사령관님! 정신 차리십시오! 적의 공격입니다!"

"……공격? 어디서? 그, 그러니까 어디서?"

"그, 그건……."

"그걸 모르는데 어디로 피해? 무작정 피해?"

사령관의 말에 부관은 입을 닫아 버렸다.

그의 말대로 어디서 공격을 하는지도 모르는데 어찌 피하고 어찌 도망을 간단 말인가.

그들이 대화를 하는 그 순간에도 폭발음은 계속 이어졌다.

쿠쿵-!

쿠콰쾅-!

"저, 저 아래를 보십시오!"

이때 아래쪽을 바라보던 한 명이 그곳을 가리키며 소리쳤다. 사람들은 그가 가리키는 곳으로 우르르 몰려가 그곳을 바라보았다.

그러자 바닷속에서 길쭉한 무언가가 아군 전함과 수송함을 향해 일직선으로 나아갔고 그 길쭉한 무언가와 부딪힌 배들은 일제히 폭발과 함께 가라앉고 있었다.

"저것이군. 바다 밑에서 공격이라니……."

"비, 빌어먹을! 저건 생각도 못 했습니다. 조센진들은 항상 상상을 초월하는 무언가를 만들어 우리를 당황시키는 것 같습니다."

"빠가야로! 지금 그런 소리를 하고 있을 때냐? 당장 저 미확인 물체가 오는 방향을 확인해! 그 방향의 반대편을 향해 일제히 선로를 돌려 후퇴한다!"

"하잇!"

사령관은 재빨리 전군에 이 같은 사실을 알리고 바로 대응을 시작했지만, 이미 늦었다.

조선 잠수함에서 발사되는 어뢰들의 속도가 이들 배의 속도보다 빨랐기에 도망가는 것은 불가능했다.

심지어 바닷속에 있는 잠수함의 순항 속도도 매우 빨랐기에 일본 전함과 수송함을 앞질러 가서 그들의 앞에서 공격을 하기도 했다.

그렇게 여덟 척의 전함과 수십 척에 달하는 수송함은 조선에 도달하기도 전에 바다 깊은 곳으로 침몰하였다.

조선 잠수함의 공격을 받은 이들은 자신들이 왜 죽었는지도 모른 채 바닷속으로 가라앉았다.

일본 함대들이 모조리 바닷속으로 사라지고 바다 위에 수많은 사람이 둥둥 떠 있었다.

저마다 작은 보트와 바다 위에 떠다니는 배의 파편에 몸을 맡긴 채 살아 있음을 감사하고 있는 그때, 태어나서 한 번도 본 적 없었던 엄청난 크기의 배들을 보게 되었다.

자신들이 타고 온 배보다 족히 열 배는 커 보이는 무지막지한 크기의 배들이 물살을 가르며 일본을 향해 나아가고 있었다.

"저, 저게 뭐야?"

"서, 설마 저게 조선의 군함인가?"

"말도 안 되는 크기다."

바다 위에 뜬 채로 아무것도 할 수가 없었던 일본군은 조선의 엄청난 함대를 보며 경악했다.

딱 봐도 자신들이 타고 온 군함보다 엄청나게 크고 매우 강해 보였다.

그런 배 수십 척이 일본을 향해 나아가는 것이었다.

"저, 저런 전함을 가진 나라가 약하다고?"

"조선은 예로부터 강대국이었어. 그런 강대국이 약해졌을 리가 없지 않은가. 조선이 병들고 늙었다는 것은 전부 거짓이었군."

"저거……. 우리 본국을 향해 가는 것 같은데……."

마지막 병사의 말에 다들 화들짝 놀라며 배가 향하는 방향을 바라보았다.

배들은 자신들을 아주 가뿐히 무시한 채로 유유히 항해를 계속하고 있었다.

"아, 안 돼!"

"저런 걸 어찌 막느냐고!"

"가, 가족들은 어쩌지? 본국에 내 가족들……."

"우, 우리 대일본 제국은 예로부터 신풍(神風)이 불어서 지, 지켜 주었어. 그, 그걸 기대하자."

"빠가! 제아무리 신풍이라도 저걸 봐! 저 거대한 덩치를 보라고!"

그의 말대로 엄청난 덩치의 배들은 거센 파도가 몰아쳐도 그것을 아무렇지 않게 헤치고 전진할 것 같아 보였다.

"우리…… 일본은 끝났어……."

축 가라앉은 누군가의 목소리가 그곳에 있는 일본군들의 귀에 스며들었다. 다들 절망에 빠진 표정으로 조선의 전함들이 유유히 사라지는 것을 바라볼 수밖에 없었다.

그것을 본 일본군들은 자신들이 지금 무슨 짓을 했는지 그제야 깨달았다.

자신들이 절대로 건드려서는 안 될 나라를 건드린 것을 말이다.

그들이 본 조선의 군함은 바로 조선 최강의 함대인 전투 제3함대였다.

제3함대는 2천5백 톤급 호위함 네 척, 5천 톤급 구축함 세 척, 1만 톤급 순양함 한 척으로 구성되어 있었다.

거기에 군사들을 실은 1만 톤급 수송함 세 척과 그들을 지원해 줄 지원함 두 척, 보급함 세 척이 있었다.

수송함에는 군사들뿐만 아니라 전차와 각종 탈것들이 실려 있었다.

전투 함대는 빠른 속도로 남하했고 며칠 뒤 도쿄 앞바다에 모습을 드러내었다.

그 엄청난 위용에 도쿄는 순식간에 난리가 났다.

"저, 저게 뭐야!"

"처, 처음 보는 배들이다!"

"저런 형태의 배가 존재한단 말이야?"

갑작스럽게 등장한 괴물 같은 배들의 존재에, 수많은 일본인이 해안가에 나와서 웅성거리고 있었다.

처음 이양선을 보았을 때의 충격이 다시 재현되고 있었다.

이 소식은 중앙 정부에까지 전해졌고 그들은 다급하게 관리를 파견하였다.

배를 타고 이 거대한 철선이 있는 곳까지 간 일본의 관리들은 처음에는 엄청난 크기의 배에 놀랐고 그다음에는 그 배에 걸려 있는 국기를 보고 놀랐다.

배에 걸려 있는 국기는 다름 아닌 조선의 것이었다.

"조, 조선?"

"조선의 배란 말인가?"

"아니! 조선에 이런 배가 존재했다고? 마, 말도 안 된다! 이렇게 큰 배를 지금까지 숨기고 있었다고?"

그동안 이 거대한 배들이 다른 나라의 눈에 보이지 않았던 이유는 바로 차태성이 배에 설치한 환영술 덕분이었다.

배가 지나가는 자리는 돌고래들이 뛰어노는 환상이 보이도록 만들어 두었고, 이로 인해 사람들의 눈에 이 거대한 배들은 보이지 않았다.

그 덕에 조선은 다른 나라의 눈치를 살피지 않고 편하게 이들을 훈련시킬 수가 있었다.

그것을 알 리가 없는 사람들은 저 거대한 배를 그동안 철저하게 숨긴 조선에 그저 놀랄 뿐이었다.

한편, 이 배들을 보고 놀란 일본은 다급하게 배가 있는 곳으로 관리들을 급파했다.

하얀 백기를 매단 배들이 조선 군함이 있는 곳으로 움직였다.

배에 오른 관리들은 자신들보다 더 깔끔하게 차려입은 조선 수군의 모습에 또다시 놀랐다.

자신들이 알고 있던 수군의 모습이 아니었다.

그들의 어깨엔 처음 보는 형태의 총이 들려 있었다.

조선 수군이 흔히 쓰던 조총의 형태가 아니었다.

'뭐지? 저 이상한 모양의 총은?'

'배, 배 전체가 금속으로 이루어져 있다. 이게 말이 되는가?'

'저, 저렇게 거대한 포라니……. 저것이 발포한 포탄에 맞으면 도시가 초토화되겠군…….'

일본 관리들이 조선의 배 안을 보고 충격을 받고 이런저런 생각을 하고 있을 때, 누군가가 앞으로 나서며 말을 걸었다.

"내가 이 함대의 총책임자인 김무현이오."

하얀 정복에 깔끔한 인상을 한 남자가 일본의 대신을 향해 악수를 청하며 말을 걸었다.

그제야 정신을 차린 사람들이 그를 바라보며 자세를 바로잡고 악수를 받으며 말했다.

"아! 저, 저는 대일본국 외무대신 구로다라고 합니다."

"우리가 온 이유를 알고 있소?"

시큰둥한 사령관의 말에 외무대신은 그 이유를 너무도 잘 알고 있었지만, 일단은 모르쇠로 일관하기로 했다.

"자, 잘 모르겠습니다."

"하하하하! 잘 모르겠다니! 우리 대조선국에 전쟁을 선포하고, 우리 대조선을 침공하기 위해 군사까지 보내 놓고 모른다? 지금 우리와 장난하자는 건가?"

"그, 그건……."

일본국의 대신이 당황하며 말을 더듬거리자 김무현이 손을 흔들며 말했다.

"아아! 되었소. 피차 길게 말할 사이는 아니니 단도직입적으로 이야기하겠소. 무조건 항복하시오. 그러면 아무런 공격 없이 조용히 물러가겠다고 그대들의 정부에 전달하시오. 기한은 하루 주겠소. 내일 이 시간까지 답변이 없다면 우리는 그대들의 본국을 공격할 것이오."

김무현의 말에 당황하던 일본 외무대신 구로다는 인상을 찡그리며 말도 안 되는 소리라고 화를 내었다.

"그게 무슨 말도 안 되는 소리요!"

"말이 안 된다?"

"그렇소! 우리 대일본국이 그렇게 만만한 줄 아시오? 어디 한번 해볼 테면 해보시오!"

"하하하. 그 말에 책임을 질 수 있는 위치에 있는가?"

"그렇소! 나는 대일본국의 전권을 임명받고 온 사람이오! 내가 곧 대일본국이오!"

"그래도 가서 물어는 보는 것이 좋을 텐데?"

"흥! 물어보나마나요! 그들도 나와 같은 대답을 할 것이오!"

"그러든가 말든가. 어찌 되었든 하루의 시간을 줄 테니 마음대로 하시오."

김무현의 말에도 일본국의 대신들은 말을 듣는 둥 마는 둥 하며 그 배에서 서둘러 빠져나와 자신들의 본국으로 돌아갔다.

훗날, 구로다는 이날을 두고두고 후회하게 된다.

이날 자신이 엎드려서 김무현의 발을 핥는 한이 있어도 조선군의 공격을 막아야 했었다.

하지만 조선군의 정확한 위력을 알지 못했고 심지어 이들이 끌고 온 배는 덩치만 클 뿐이지 몇 척 되지도 않았다.

거기다가 지금 이들이 있는 곳은 자신들의 앞마당이었다.

총력전을 한다면 저런 함포도 얼마 없는 배 정도는 충분히 상대할 수 있다고 생각한 것이다.

이것은 군사적 지식이 전혀 없었던 구로다의 명백한 오판이었고 이 일은 곧 일본에 재앙이었다.

협상은 순식간에 결렬되었다.

구로다는 그래도 정부에 자신이 들은 내용을 그대로 전하였다.

아니나 다를까 그 소식을 들은 정부의 고위직들 역시 구로다와 똑같이 반응하였고, 일제히 조선과의 전투를 준비하라고 노발대발하였다.

이에 일본 정부는 자신들이 가용할 수 있는 모든 병력을 동원하기 시작했다.

전군 동원령을 만류하고 일부만 보낸 결정 덕에 많은 수의 해군과 함대들이 아직 남아 있었고 이들을 일제히 도쿄 앞바다를 향해 전진시켰다.

그렇게 약속된 하루가 끝나 가고 있었다.

이 모습을 멀리서 성능 좋은 망원경으로 바라보던 조선 함대의 부관이 입을 열었다.

"항복할 마음이 없나 봅니다. 저기 왜놈들의 군함들이 몰려오는 것을 보면 말입니다."

부관의 말에 함대 총사령관인 김무현이 피식 웃으며 말했다.

"후후, 우리가 바라던 그림이 아니더냐. 나는 저들이 항복할까 봐 어제 조마조마해서 잠도 제대로 못 잤다. 저들이 내 생각보다 멍청해서 다행이야."

"저 역시 그랬습니다. 정말로 다행입니다."

"자 자, 잡설은 여기까지 하고 전군 전투 준비를 하라고 일러라."

"알겠습니다."

–전군 전투 준비!

웨에에에에에엥–!

쿠르르르르르릉–!

배 안에서 요란한 사이렌 소리와 함께 조선 전투 함대에 있는 함포들이 일제히 움직이기 시작했다.

끼이이잉–!

처음 듣는 사람으로 하여금 오싹한 기분이 들게 하는 기이한 소음이 전투 함대 여기저기서 흘러나오고 있었다.

호위함의 함포들은 전투 함대를 향해 다가오는 일본의 군함을 조준하고 있었고, 구축함과 순양함의 함포는 일본 도쿄를 겨냥하고 있었다.

1876년 1월, 일본에 재앙이 내려지기 시작했다.

"방포하라!"

제3전투함대 총사령관의 명령에 엄청난 굉음과 함께 일제히 함포들이 발사되었다.

콰콰콰쾅–!

어찌나 엄청난 위력이었는지 거대한 배가 휘청거렸고, 포가 발사된 충격파로 인해 바닷물이 움푹 들어가기까지 했다.

슈아아아앙–!

수십 발의 포탄은 공기를 가르며 도쿄를 향해 날아갔다.

그리고 그 포탄들이 지면에 떨어지고, 도쿄에는 지옥이 펼

처지기 시작했다.

쿠콰콰콰쾅-!

조선 함대가 날린 포탄은 말도 안 되는 폭발력을 자랑하며 떨어진 곳을 초토화시켰다.

목조 주택으로 이루어진 도쿄는 순식간에 불바다가 되었고 불길은 점점 더 크게 퍼져 나갔다.

그러거나 말거나 제2탄이 도쿄를 향해 발사되었다.

퍼퍼퍼퍼퍼펑-!

쿠르르르르르릉-!

지면이 울리고 사람들의 비명이 사방에서 난무하기 시작했다.

자비는 없었다.

저들에게 자비를 베풀면 또 언제 자신들의 뒤통수를 칠지 몰랐다. 이왕 밟기로 했으니 아주 두 번 다시 대들지 못하게 철저하게 짓밟고 오라는 어명이었다.

아이러니하게도 역사 속에서는 일본 군함이 조선인들을 무차별하게 학살했지만, 지금은 그 반대로 진행되고 있었다.

일본인들에게 조선이라는 나라에 대한 공포심을 심어 주라는 어명이었기에 철저하게 파괴를 시작한 것이다.

한편, 저 멀리 바다에서 조선 함대를 향해 열심히 전진하던 일본 군함들은 엄청난 굉음과 함께 도쿄가 불바다가 되는 것을 목격하였다.

"마, 맙소사! 이, 일본이……. 우리 대일본국이 공격을 당하고 있다."

"뭣들 하느냐! 속도를 더 높여라! 우리 백성들이 저들에게 당하고 있다!"

"전진하라!"

피가 나도록 이를 악물고 어서 포격 사거리까지 배가 이동하기를 기다렸다.

그때 다시 들려오는 엄청난 포성.

그 포성은 도쿄가 아닌 자신들을 향해 공격하는 소리였다.

"설마 우리를 공격하는 것인가?"

설마가 맞았다.

콰쾅-!

바로 옆에서 전진하던 일본 군함 한 척이 순식간에 두 동강이 나면서 바다로 가라앉고 있었다.

"무, 무슨 일이야! 저 먼 거리에서 여기까지 포를 날렸다고? 그것도 이렇게 정확하게?"

눈으로 보지 않고 이것을 이야기로 들었다면 미친 소리 하지 말라고 면박을 주었을 것이다.

하지만 그 말도 안 되는 광경이 자신들의 눈앞에서 펼쳐지고 있었다.

"도, 도대체 어떤 나라를 건드린 거야?"

"조, 조선이라는 나라는 예로부터 항상 이랬어. 언제나 이 랬다고!"

"젠장! 그래도 해보는 데까진 해봐야지! 우리가 포기하면 대일본제국이 위험하다! 모두 전진! 전진해!"

퍼퍼퍼퍼퍼펑-!

다시 들려오는 포성 소리에 일본 군함의 병사들은 자신도 모르게 눈을 감았다.

그리고 그것이 그들의 마지막 기억이었다.

단 일주일.

일주일 만에 규슈가 점령당하고 일본 본토의 대부분이 초토화되었다.

처음 보는 형태의 괴물들이 지상에 상륙하더니 그다음부터는 일방적인 조선군의 공격이었다.

쿠르르르르-!

일본군에게 엄청난 공포를 안겨 준 것은 바로 전차였다.

"쏴! 쏘라고!"

타타타타탕-!

티티티티팅-!

일본군이 아무리 총을 쏘아도 상처 하나 나지 않은 채 유유히 전진하는 흑색의 괴물에, 일본군의 얼굴은 하얗게 질려 가고 있었다.

콰쾅-!

일본군은 전차를 향해 일제히 포를 갈겨 대기 시작했다.

떠덩- 떠덩-!

자신들의 쏜 포탄들이 전차의 겉면을 맞고는 튕겨 나가자 이들의 공포는 극한까지 치달았다.

"초, 총도 안 되고 대포로도 꿈쩍하지 않는 저 괴물은 도대체 뭐야?"

"저, 저런 것과 어찌 싸우라는 거야? 나, 나는 도망갈래."

자신들이 가진 무기로는 흠 하나 내지 못하는 저 괴물을 상대로 할 수 있는 것은 없었다.

거기에 조선군이 지닌 총은 자신들이 가진 것과는 차원이 다른 위력을 자랑했다.

이윽고 전차들은 일렬로 정렬한 채 무력시위를 시작했다.

퍼퍼퍼퍼퍼펑-!

일렬로 선 수십 대의 전차가 일제히 포를 발사했고, 그 포에 맞은 일본군의 진영은 그야말로 순식간에 무너져 내렸다.

사람들은 자신의 무기마저 버리고 여기저기 도망가기 바빴고, 조선군은 그런 이들을 가만히 지켜보았다.

그들을 막을 방법 자체가 없었다.

"흥, 저런 머저리들한테까지 우습게 보였으니 그동안 우리 조선이 얼마나 멍청하게 나라를 운영했는지 알 만하군."

"그러게 말일세. 우리 주상 전하가 아니셨으면 아마도 저 모습이 우리였을지도 모르지."

정신없이 도망가는 일본군을 바라보며 조선군의 진영 곳곳에서는 이런 이야기들이 오갔다.

⚬⚬⚬⚬⚬⚬

2주 만에 나라 대부분이 점령당해 버리고 만 일본이었다.

결국, 일본 정부는 피눈물을 흘리며 조선에 항복했다.

조선은 그런 일본에게 조일 수호 조약을 체결한다.

이 조약에 의해 일본은 조선의 신하국으로 전락하게 되었다.

또한, 규슈 지방은 조선에 영구히 할양되었다.

모든 협상이 끝나고 나가는 조선인들을 보며 살기 가득한 얼굴로 분만 삭이는 일본인들이었다.

조일전쟁은 순식간에 서방에 알려지기 시작했다.

특히 그 사실에 가장 경악한 나라는 바로 청나라였다.

그런 청나라를 더욱더 분노케 하는 일이 벌어졌다.

"이, 이 서신이 정말로 사실이란 말이더냐?"

"그러하옵니다! 조선이 자신들은 청나라의 속국이 아니라며 다시는 자신들을 속국 취급 하지 말라는 서신입니다! 거기에 한 번만 더 속국 취급을 할 시엔 그때는 자신들도 가만히 있지 않겠다는 내용이었습니다!"

이 보고를 들은 청나라의 실질적인 지배자인 남태후가 분노를 토해 내며 자신의 의자를 내리쳤다.

쾅—!

"이, 이런 오만방자한 놈들을 보았나! 섬나라 놈들을 이겼다고 눈에 뵈는 것이 없는 모양이구나!"

"당장 군대를 동원하여 조선에게 본때를 보여 주어야 합니다!"

"맞습니다! 어디 신하국 따위가 감히 상국에 이런 천인공노할 서신을 보낸단 말입니까!"

"예전에 자기네들의 군왕이 삼전도에서 우리 대청의 위대하신 승덕 황제 폐하께 머리를 풀고 절을 한 사실을 잊었나 봅니다!"

"이번에는 조선 왕의 목을 잘라서 절을 하게 합시다!"

일본을 정리한 조선은 다음으로 옛 고구려의 영토를 되찾기로 했다.

청나라가 아편전쟁으로 인해 국력에 막대한 손해를 입은 지금이 적기라고 생각을 했다.

당연히 이런 서신을 보내면 청나라는 분노할 것이고, 군대를 동원해 자신들에게 본때를 보여 주겠다며 오리라는 걸 잘 알고 있었다.

조선의 그 생각은 완벽하게 맞아떨어졌다.

이 일에 청나라의 실질적인 지배자인 남태후는 분노했고, 그녀는 즉시 군대를 대대적으로 일으켜서 조선을 정벌하고자 했다.

그런 그녀를 말릴 수 있는 대신은 없었다.

무엇보다 조선까지 자신들을 우습게 본다는 생각에 수많은 대신도 분노하고 있었다.

이 소식은 곧 청나라 전역에 퍼졌다. 청나라 백성들은 너도나도 분노하며 남태후의 결정을 지지했다.

아이러니하게도 조선의 선포가 하나로 합치지 못하고 분열하고 있던 청나라의 백성들을 하나로 뭉치게 했다.

조청전쟁이 점점 다가오자 서양 열강들은 이 전쟁에 큰 관심을 표하기 시작했다.

청나라는 무려 1백만 대군을 이끌고 조선의 국경인 압록강을 향해 진군했다.

다른 나라는 몰라도 조선에만큼은 우습게 보이지 않겠다는 청나라의 각오였다.

이 전쟁이 얼마나 대단한 전쟁이었냐면 자신의 손에 들어온 재물은 절대로 내놓지 않는 남태후가 자신의 재물을 내놓으면서까지 진행하는 전쟁이었다.

누구보다 재물을 사랑하는 그녀가 자신의 재물까지 순순

히 내놓으면서 반드시 조선의 임금을 산 채로 잡아 오라고 노발대발했을 정도다.

그리고 압록강에 도착한 청나라의 대군은 도강할 준비를 하기 시작했다.

그때 그들의 귀에 천둥이 치는 소리가 들려왔고 지면이 흔들리는 기분을 느꼈다.

그것은 착각이 아니었다.

콰콰콰콰쾅-!

청나라 1백만 대군이 있는 곳에서 엄청난 폭발이 일어나면서 아비규환이 벌어졌다.

"뭐, 뭐야!"

"적의 공격입니다!"

"그걸 지금 몰라서 묻는 줄 알아! 어디서 공격했냐고!"

"눈에 보이지도 않는 거리에서 공격한 것 같습니다!"

부하의 말에 장수가 주변을 둘러보았다.

아무리 둘러보아도 적들의 모습이 보이지 않았다. 심지어 포를 쏘고 나서 올라오는 흰 연기도 보이지 않았다.

부하의 말이 사실일지도 모른다는 생각에 온몸에 소름이 돋는 그였다.

그때 또다시 천둥이 치는 소리가 들려왔다.

쿠쿠쿠쿠쿠쿵-!

이번엔 정신을 집중하고 하늘을 바라보았다.

그랬더니 저 멀리서 무언가가 자신들의 진영을 향해 날아오고 있었다.

슈우우우웅—!

"저게 뭐야?"

"뭔가가 우리에게 다가오고 있는데?"

사람들이 바라본 무언가가 땅에 떨어지자 아까와 같은 거대한 폭발이 일어났다.

콰콰콰콰쾅—!

"으아아악!"

"크아악!"

"사람 살려!"

여기저기서 비명이 난무했고 병사들은 어찌해야 할지 몰라 허둥지둥했다.

보이지도 않는 적을 상대로 무엇을 할 수 있단 말인가.

더군다나 알 수 없는 적들의 공격에 도강은 시도조차 할 수 없는 상황이었다.

"며, 명령을 내려 주십시오! 병사들이 당황하고 있습니다!"

부하의 말에 장수가 이를 꽉 깨물고는 큰 소리로 외쳤다.

"모두 후퇴하라!"

장수의 말에 앞의 병사들이 저마다 소리를 치며 뒤쪽을 향해 달리기 시작했다.

"후퇴하라!"

"후퇴하라!"

청나라 대군은 혼비백산한 채로, 조선을 향해 진군할 때와는 다르게 대열도 잊은 채 마구잡이로 후퇴했다.

단 두 번의 공격이 그들에게 준 공포는 상상 이상이었다.

그 장면은 멀리서 망원경으로 지켜보는 이들이 있었다.

바로 조선의 육군 총사령관이었다.

"되놈들 아주 꽁지가 빠지라고 도망을 치는군."

"쫓을까요?"

"아니, 우리의 신무기를 시험해 볼 시간이다."

그러면서 뒤에 줄지어 서 있는 차량을 흐뭇한 표정으로 바라보았다.

그 차량의 이름은 신기전 포였다.

현대의 MLRS의 조선 시대 모습이라고 보면 되었다.

조선은 이미 미사일 개발까지 완료된 상태였다. 거기에 이 시대에는 상상할 수도 없는 최첨단 무기들이 줄줄이 출격을 준비 중이었다.

조선의 임금, 영웅은 다른 나라는 감히 엄두도 낼 수 없을 정도의 압도적인 무력을 지닌 나라를 만든 뒤에 마음 편히 다시 현세로 가려 했다.

그랬기에 자신이 할 수 있는 모든 것을 전부 동원해서 조선을 발전시켰다.

조선의 발전 속도는 한마디로 사기적이었다.

스타의 치트코드인 'show me the money'와 'operation cwal'을 동시에 치고 하는 수준이었던 것이다.

"인해전술을 대비해서 만든 무기니 이번에 제대로 시험을 해 봐야지."

"알겠습니다."

청나라군은 알지 못했다.

단 한 명도 이곳을 살아서 나갈 수 없다는 사실을 말이다.

다음 날 아침.

신기전 포가 일제히 청나라군이 있는 곳을 향해 발사되었다. 그 모습이 마치 용이 날아가는 모습 같다 하여 훗날 이 무기의 별칭은 구룡이 되었다.

슈앗- 슈악- 슈악-!

꼬리에 하얀 연기를 달고 하늘 높이 올라가는 신기전들은 보는 이들로 하여금 감탄을 자아내게 했다.

아군에게는 감탄을, 적들에게는 비명을 안겨 줄 무기였다.

조선 진영에서 일제히 발사된 신기전은 뒤로 물러난 청나라 진영을 향해 날아갔다.

청나라 진영에서 보초를 서던 군사들은 하늘에서 자신들을 향해 날아오는 이상한 물건을 보며 호들갑을 떨기 시작했다.

"요, 용이다!"

"하늘에서 용이 내려온다!"

"비상! 비상!"

갑작스러운 소란에 장수들이 밖으로 뛰쳐나왔고, 그들을 반긴 것은 엄청난 폭발과 함께 밀려오는 충격파였다.

쿠콰콰콰콰콰쾅-!

쿠르르르르르-!

콰콰콰쾅-!

"끄아아악!"

"으아아아악!"

사방에서 비명이 난무했다.

아까와는 달리 이번에는 피해가 엄청났다.

조금 전의 폭발로 인해 청나라 진영의 절반이 날아갔다.

말도 안 되는 파괴력이었다.

흙무더기 속에서 몸을 일으키는 장수들은 이 처참한 현장에 말문을 잃었다.

자신들은 그나마 폭발의 중심지에서 멀리 떨어져 있었기에 살아남을 수 있었다.

"이, 이게……."

말이 나오지 않았다.

작전을 짤 수도 없었다.

후퇴한다고 후퇴를 했는데 그것을 그대로 쫓아와 공격하는 귀신같은 놈들이었다.

장수들은 알 수 없는 공포에 몸을 부들부들 떨었다.

　차라리 적이 눈앞에 있다면 이런 공포를 느끼지 않았을 것이다.

　두렵긴 해도 실체가 있으니 어떻게든 계책을 세워서 헤쳐 나갔을 테니까.

　하지만 이것은 실체가 없다.

　정체에 대해 아는 것이 전혀 없었고 어디서 공격을 하는지조차 알 수가 없었다.

　미지의 적과 싸우는 공포는 상상 이상이었다.

　그런 그들의 귀에 악마의 소리가 또다시 들려왔다.

　쉬에에에엑-!

　장수들은 자신들을 향해 날아오는 용과 같은 무기를 바라보며 허탈한 미소와 함께 눈을 감았다.

　그리고 그들은 그렇게 세상에서 지워졌다.

　청나라군의 전멸.

　그 수가 무려 1백만이었다.

　청나라 조정에서 있는 돈 없는 돈을 모조리 끌어모아 출진시킨 병력이었다.

　그런 병력이 전부 당했다는 소리였다.

살아남은 자가 없기에 어떤 공격에 당했는지 알지도 못했다. 조선군의 피해는 얼마이고 조선군에서 사용한 무기는 무엇인지 모든 것이 베일에 싸여 있었다.

이것은 서양 열강들의 호기심을 자극했다.

청나라와 일본만 신경 썼지, 전혀 신경도 쓰지 않고 있던 변방의 작은 나라가 일본과 청나라를 제압하고 초강대국으로 우뚝 선 것이다.

남태후는 이 일로 충격을 받아 앓아누웠고 쓰러져 가는 청나라를 다시 일으키기 위해선 일단 전쟁을 끝내야만 했다.

처음에는 다시 한번 심기일전해서 조선과 일전을 준비하려 했다.

하지만 국내의 상황이 그것을 허락해 주지 않았다.

사방에서 들고일어날 조짐이 보였고, 백성들 역시 더는 정부의 말에 쉽사리 따르지 않고 있었다. 거기에 정부의 재정역시 바닥을 보였다. 무리하게 군사를 일으키는 바람에 나라에 식량까지 부족한 상황이었다.

이대로 가다간 나라 자체가 멸망할 수도 있었다.

청나라는 결국 눈물을 머금고 조선에 항복하고 전쟁을 종식하는 대가로 만주와 요동 땅을 넘겨주게 된다.

만주는 그들의 정신적인 고향이었기에 수많은 대신이 나서서 반대하였지만, 만주를 지키자고 청나라가 통째로 멸망하게 둘 수는 없었다.

결국, 황제가 직접 수결한 서류와 함께 만주를 넘겨주자 이를 참지 못해 자결하는 대신들까지 속출했다. 청나라 백성들은 조선과는 한 하늘 아래 살 수 없는 철천지원수로 인식했다.

황제는 언젠가는 꼭 이 수모를 갚겠다고 다짐하고는 와신상담(臥薪嘗膽)을 하겠다며 화려한 궁궐이 아닌 초라한 자택으로 옮기고 쓸개를 씹어 먹으며 복수를 다짐했다.

모든 대신들 역시 지금 이 수모를 언젠가는 갚아 주겠다고 다짐을 하고 또 했다.

하지만 그것은 영원히 이루어질 수 없는 꿈이었다.

조선은 이미 청나라를 여러 나라로 갈라놓을 계획을 수립 중이었기 때문이었다.

영웅은 이대로 청나라를 두고 가면은 자신이 없는 조선에 가장 큰 위협이 되리라 생각했다. 그래서 그런 위험을 완전히 없애 버리고 갈 작정이었다.

그 작전의 총책임자는 바로 환술사 차태성이었다.

이미 청나라 각지에 있는 반정부군에 자금을 조달하고 독립을 부추기는 세뇌를 시켜 둔 상태였다.

머지않아 청나라 전역에서 독립하겠다며 들고일어나기 시작했다.

제일 먼저 깃발을 들어 올린 세력은 바로 태평천국군이었다.

조선 정벌을 한답시고 무리를 하는 바람에 빠르게 대응을 하지 못해 그들에게 영토를 내어 주고 만다.

그 뒤로 이어진 세력은 반청복명(反淸復明)을 외치던 홍화회가 자신들의 나라라며 광둥 지방을 기반으로 나라를 건국했다.

물론 뒤에서 몰래 자금을 지원해 주던 자들은 전부 조선에서 보낸 첩자들이었다.

이 외에도 평소에 청나라에 불만을 품고 있던 귀족들과 여러 세력이 앞다투어 자신의 나라를 개국하기에 이른다.

하지만 이를 막아 낼 힘이 없었던 청나라는 눈물을 머금고 영토를 속수무책으로 빼앗길 수밖에 없었다.

거기에 조선에 당했던 충격으로 미쳐 버린 남태후의 폭정으로 인해 몰락에 가속도가 붙어 버린 청나라였다.

일본과 청나라를 꺾은 조선은 곧바로 나라 이름을 대한민국으로 개명하고 군주제가 아닌 민주주의로 전환했다.

이미 그 전부터 총리나 국회의원을 선거로 뽑게 만들어 두었기에 크게 문제점은 없었다.

다만, 다른 것이 문제였다.

영웅이 왕의 자리에서 내려가고 나라의 모든 권리를 백성에게 넘긴다고 선포하자, 온 백성들이 거리로 뛰쳐나와 울고 불고 난리가 난 것이다.

그들에게 영웅의 단순한 왕이 아니었다.

신적인 존재였던 그가 갑자기 이렇게 말을 하니, 사람들은 적응을 할 수가 없었던 것이다.

말도 안 되는 소리라면서 모든 백성들이 길거리로 나와 오체투지를 하며 반대했다.

그것은 대신들도 마찬가지였다.

이에 난감한 영웅은 결국 왕의 자리에서 물러나는 것에서 한발 물러섰다.

대신 국정 운영을 새로이 탄생하는 대통령과 총리에게 넘기겠다는 조건을 걸었다.

대신들은 당연히 받아들였다.

영웅이 자신의 결정을 번복하고 왕의 자리에 있겠다는 소식이 퍼지자 온 백성들이 정말로 기쁜 표정으로 만세를 불렀다.

그런데 만세를 부르는 구호가 달랐다.

그동안 주상 전하 만세를 외쳤었는데 지금 사람들이 외치는 구호는 다른 것이었다.

"황제 폐하! 만세!"

"황제 폐하! 만세! 만세! 만만세!"

"대한제국 황제 폐하! 만세!"

이 구호는 전국으로 퍼졌고 결국 영웅은 조선의 마지막 왕이자 대한제국의 초대 황제에 올라서게 되었다.

이듬해 황제가 지켜보는 앞에서 최초의 대통령 선거가 시작되었다.

평소에 민주주의와 부정선거에 대한 교육을 철저하게 해 두었기에 우려했던 일들은 벌어지지 않았다.

그 전에 이미 천씨 일가의 부정에 힘든 삶을 살았던 이들이 눈에 불을 켜고 두 번 다시 그런 일이 일어나지 않도록 감시를 한 것도 큰 역할을 했다.

그렇게 대통령이 선출되었고 모든 국가 업무가 전부 새로운 정부에 이양되었다.

홀가분해진 영웅은 흐뭇한 표정으로 조선의 발전을 그저 지켜만 보았다.

자신이 할 수 있는 것은 전부 한 것이다.

가장 먼저 조선에 위협이 되는 주변국을 깔끔하게 정리했다. 청나라는 16개의 나라로 분해될 것이고, 일본 역시 네 개로 분해가 될 것이다.

저리 분리가 되었으니 그들끼리 견제하느라 한국을 신경 쓰지 못할 것이다. 또 그렇게 견제를 하게끔 만들어 두었다.

교육 백년대계는 아주 완벽하게 시행되었다. 그동안 계급 때문에 자신을 숨기며 살아오던 천재들이 대거 세상에 나오면서 영웅이 생각했던 것보다 훨씬 더 빨리 나라가 발전하고 있었다.

또한, 한민족의 특성인 경쟁 심리가 발동하여 교육열이 역대 최고를 찍었다.

첫 민주 정부가 들어서고 가장 먼저 한 일은 외교였다.

그동안 쇄국으로 일관했던 빗장을 모조리 풀고 적극적인 외교에 나선 것이다.

물론 본토를 개방하는 일은 없었다.

다른 나라에는 오랫동안 쇄국을 한 탓에 국민들에게 아직 시간이 필요하다고 둘러대었고, 그 말에 다른 나라에서도 그것을 이해해 주었다. 자신들을 배척하고 경계하고 공격하지 않는 것만으로도 충분했다.

외교로 인해 교역하는 나라가 대폭 늘어났고 한국의 물품들은 전 세계 각국에서 크나큰 인기를 끌었다.

한국의 음악이 세상 곳곳에서 흘러나왔고 한국의 위인들은 다른 세상의 아이들에게도 위인이 되어 있었다.

그런 한국을 유럽의 여러 나라가 못마땅하게 생각하기 시작했다.

그들은 한국이 더 크기 전에 그 싹을 잘라 내야 한다고 생각했고, 한마음이 되어 연합하기로 마음을 먹었다.

하지만 명분이 없었다.

이렇게 커 가는 한국을 견제하기 위해서 프랑스 파리로 각 나라의 총리급 대신들이 모여들었다.

화려한 궁전의 회의실에 모인 여러 나라의 총리급 대신들은 심각한 표정으로 회의를 했다.

"언제까지 저 동양 원숭이들에게 끌려가야 하는 것이오? 빌어먹을 놈들 때문에 우리 제품이 전혀 팔리지 않고 있소! 피해가 아주 막심하단 말이오!"

"거리에 온통 그 빌어먹을 놈들의 노래와 문물들로 뒤범벅이오! 이러다가 우리 문화가 전부 사라질 판이오!"

"우리 아이들은 아예 푹 빠져 살더군요. 저들의 문화 전파력은 상상 이상이오. 거기에 저 나라에서 온 물품들은 하나같이 고급스러워 보이는 데다, 가격까지 저렴해 선풍적인 인기요. 덕분에 우리 영국 상인들은 굶어 죽을 판이오."

그곳에 모인 사람들이 나누는 공통적인 의견은 하나였다.

바로 옛 조선, 지금의 한국에 관한 이야기였다.

"그 빌어먹을 놈들이 중국도 갈기갈기 갈라놓고 일본도 갈라놓는 바람에 신경을 써야 할 나라만 잔뜩 늘어났잖소!"

"여기서 더 크면 세상에 온통 그놈들이 판을 치고 다닐 것이 뻔하오. 당장 손을 써야 하오."

조선이 더 크기 전에 손을 써야 한다는 의견에 다른 나라의 총리들이 답답한 표정을 지으며 말했다.

"어찌하자는 말이오? 그들의 군사력은 만만치 않소. 청나라와 일본을 순식간에 무릎 꿇린 것을 못 보았소?"

"흥! 청나라는 덩치만 컸지, 속 알맹이는 텅텅 비어 있다는 것은 이미 우리와의 전쟁에서 드러난 사실 아니오? 이미 나락까지 떨어진 나라 무릎 꿇리는 게 뭐 어려운 일이라고."

"그놈들도 그것을 알기에 그때 손을 쓴 것일 수도 있소. 그래도 혹시 모르니 이렇게 모인 것이 아니오? 힘을 합칩시다."

프랑스 총리대신의 말에 독일, 영국, 네덜란드, 스페인, 러시아제국 등 유럽의 여러 국가의 총리들이 신중한 표정을 지었다. 그러고는 각자 자신의 국가에 이 사실을 알리고 답장을 기다렸다.

자신들이 단독으로 결정할 사안이 아니었다.

지금 자신들이 하려는 것은 전쟁이기 때문이었다. 그것도 다른 나라도 아닌 아시아의 맹주이자 최강국인 한국을 상대로 말이다.

그렇게 한 주의 시간이 흐르고 이들은 한국이라는 나라를 견제하기 위해 '유럽연합'이라는 이름의 연맹을 창설하였다.

연합의 첫 안건은 미국을 동맹에 포함시키느냐는 것이었다.

아군이 하나라도 있는 것이 좋다고 판단한 그들은 미국에도 손을 뻗었다.

미국은 이들의 의견에 흔쾌히 동의했다.

단독으로 한국과 척을 지는 것도 아니고, 세계열강이 하나가 되어 한 나라를 치는 것이라 큰 부담도 없으니 끼지 않을 이유가 없었다.

그렇게 세계열강이 연합해서 한국을 치기 위해 상세한 계획을 짜기 시작했다.

"일단 저들을 치기 위해선 명분이 필요하오."

"무슨 명분? 그냥 치면 될 일이지!"

"하하. 미쳤소? 다른 나라 눈이 보이지도 않는 것이오?"

"흥! 주변의 다른 나라라고 해 봐야 수십 조각으로 갈라진 청나라와 일본밖에 더 있소?"

"쯧쯧. 그래도 지킬 것은 지키면서 합시다. 가뜩이나 동양 원숭이를 상대로 이렇게 모인 것도 품위가 떨어지는 판에 명분도 없이 비겁하게 공격을 하는 짓은 용납할 수 없소!"

프랑스의 말에 영국이 고개를 끄덕이며 답했다.

"그렇지! 귀족의 나라의 품위는 지켜야지. 암! 명분도 없이 공격하면 우리가 조선을 무서워하는 꼴이 되는 거잖소. 그런 꼴은 용납 못 하지."

품위라는 말에 러시아를 비롯한 다른 나라들 전부 입을 닫았다.

여기서 더 말을 하면 자신들의 조국은 품위가 없는 나라가 되기 때문이었다. 다른 것은 몰라도 그것만큼은 영국과 프랑스에 뒤지고 싶지 않은 열강들이었다.

명분을 찾기 위해 한참을 토론하던 그들은 그냥 명분을 만들기로 의견을 모았다.

"청나라와의 전쟁에서 이미 한 번 써먹은 일인데 두 번이라고 어렵겠소?"

"맞소! 그때는 국기였지만 이번엔 배를 통째로 불태웁시
다."

2차 아편전쟁 때 포섭한 중국인에게 자국의 국기를 불태
우게 하고, 깃발을 불태웠다는 이유로 청나라와 전쟁을 일으
킨 영국의 의견에 다들 동의했다.

그 후로도 일할 사람을 누굴 쓰느냐부터 어디에서 진행할
것인지까지 끝도 없는 토론이 이어졌다.

결론을 내린 그들은 한국인과 비슷하게 생긴 일본인들을
추려 내서 위장시킨 후 항구에서 자신들의 배에 불을 지르도
록 시키기로 했다.

당연히 불이 잘 붙도록 배에 기름칠을 잔뜩 하고 항구에
정박하였다. 또한 유럽에서 온 배들은 불이 잘 옮겨붙도록
아주 가깝게 붙여 정박했다.

마치 삼국지에서 보던 연환계를 보는 것 같았다.

그리고 어느 새벽에 작전을 개시했다.

일본인들은 아주 자연스럽게 다가가 배에 불을 붙였고 배
는 순식간에 타올랐다.

불길이 맹렬하게 타오르기 시작하자 마치 기다렸다는 듯
이 사방에서 사람들이 우르르 쏟아져 나왔다.

몰려나온 사람들은 바로 항구의 안전을 관리하는 소방대
원들이었다.

방화를 저지른 자들은 그 자리에서 잡혔고 불길은 순식간에 잡혔다.

이곳에선 큰불에 대비해서 소방에 엄청난 심혈을 기울였기에 가능한 일이었다.

덕분에 큰 피해 없이 화재가 조기 진화되었다.

한바탕 난리가 나기를 기다렸던 연합은 김이 빠지는 기분을 느꼈지만, 어차피 명분이 필요한 것이니 그냥 밀고 나가기로 의견을 모았다.

한편, 방화를 저지르다가 붙잡힌 일본인들은 끝까지 저항하며 사실을 말하지 않았다.

그들의 입을 벌리려 고문 기술자들이 줄줄이 들어갔지만, 다들 고개를 절레절레 흔들고 나올 정도였다.

독하디독해서 입을 절대로 열지 않는다는 이야기는 결국 영웅의 귀에까지 들어갔다.

"흠, 그 정도야?"

"네! 이렇게 독한 놈들은 태어나서 처음입니다."

천민우가 고개를 절레절레하며 학을 떼자 영웅이 흥미로운 표정을 지었다.

"아, 지금 태성이가 여기에 없지? 환술을 사용하면 바로 불었을 텐데. 내가 직접 가 봐야겠네."

"네? 직접 가시려고요?"

"응, 궁금하잖아. 어떤 놈들인지."

영웅은 천민우의 안내를 받아 그들이 있는 지하 감옥으로 이동했다.

지하 감옥에는 피비린내와 곰팡이 냄새가 진동하고 있었다.

뒤따르던 신하들 역시 그 냄새에 인상을 찡그리며 자신들도 모르게 코를 막을 정도였다.

하지만 영웅은 대수롭지 않은 표정으로 지하 감옥 안을 성큼성큼 들어가고 있었다.

지하 감옥의 끝에는 온몸에 상처가 가득한 사람들이 줄줄이 벽에 걸린 채 고개를 떨구고 있었다.

"황제 폐하! 납시오!"

그 외침과 동시에 졸고 있던 간수들이 화들짝 놀라 벌떡 일어났고, 이내 영웅을 보고는 기겁하며 핏물로 범벅이 된 바닥에 엎드렸다.

"만세! 만세! 만만세!"

영웅은 그런 간수들에게 손을 들어 화답하고는 벽에 묶여 있는 일본인들을 바라보았다.

"지금까지 알아낸 정보를 말하라."

영웅의 말에 간수가 재빨리 고개를 숙이고는 입을 열었다.

"네! 지, 지금까지 밝혀진 내용은 저들이 일본에서 온 닌자들이라는 사실이 전부입니다."

"닌자?"

"네! 그렇습니다! 저들의 몸에 있는 문신은 시가류와 코우카류 닌자들의 문양입니다."

"흠, 그 외엔?"

"워, 워낙에 독종들이라……. 지금까지 그 어떤 말도 하지 않고 있습니다."

"입에 저건 왜 물려 놨어?"

"자꾸 혀를 자르며 말을 하지 않겠다는 의지를 보이는 바람에……. 자해를 못 하도록 막아 둔 것입니다."

간수의 설명에 영웅은 흥미로운 표정으로 그들의 앞에 서서 천천히 살펴보았다.

"폐, 폐하! 더, 더럽사옵니다! 부디 옥체를 보중하시옵소서!"

"보중하시옵소서!"

따라온 신하들과 간수들이 영웅을 말렸다.

하지만 영웅은 그런 사람들의 만류를 무시하고는 손을 들어 닌자들의 몸을 만졌다.

"흠, 대충 고문에 대한 훈련을 받은 모양이네."

그러고는 씩 웃으며 손에 기운을 모으기 시작했다.

"리스토어."

화악—!

일순간 어두컴컴했던 감옥 안이 대낮같이 환해졌다.

신하들과 간수들은 눈이 부셨는지 손을 들어 환한 빛을 가리거나 고개를 반대로 돌리고 있었다.

빛이 사라지고 다시 고개를 돌려 영웅이 있는 곳을 바라보니, 벽에 묶여 있던 닌자들의 모습이 변해 있었다.

겉에 핏자국은 남아 있었지만, 몸 전체에 있던 잔혹한 상처들은 모두 치유가 되어 있는 상태였다.

치유되는 것과 동시에 상쾌한 기분에 정신을 차린 닌자들은 어리둥절한 표정으로 이게 지금 무슨 상황인지 파악하려고 애쓰고 있었다.

"입마개 풀어 봐."

"네? 네!"

영웅의 명령에 간수가 재빨리 달려가 닌자들의 입마개를 풀었다.

"퉤!"

닌자들은 입마개를 풀자마자 간수를 향해 침을 뱉으며 증오의 눈빛을 보냈다.

그런 그들의 귀에 친숙한 일본어가 들려왔다.

"지금부터 내가 몇 가지 물을 건데 잘 생각해서 대답하는 것이 좋을 거야."

영웅이 친절하게 일본어로 말했음에도 저들은 말 한마디 꺼내지 않았다.

"좋아, 좋아. 그런 자세 아주 좋은 자세야."

"폐, 폐하. 저, 저희가……."

팔을 걷어붙이는 영웅을 보고는 기겁을 한 간수가 말리려 했다.

그러자 뒤에 있던 천민우가 그를 잡고 고개를 저었다.

가만히 있으라는 소리였다.

간수는 그런 천민우의 모습에 영웅을 쳐다보며 천천히 뒤로 물러섰다.

그 순간 닌자들의 머리 위로 스파크가 튀기 시작하더니 이내 사라졌다.

방금 자신이 본 것이 무엇일까 하고 고개를 갸웃거리는 그 순간, 벽에 묶여 있는 닌자들의 표정 급격하게 일그러지기 시작했다.

"호오, 이걸 참아? 대단하네?"

딱-!

영웅은 흥미로운 표정으로 손가락을 튕겼고 이내 다시 작은 스파크가 공중에서 튀었다.

파팍-!

"으으윽!"

"으으으읍!"

지금까지 단 한 번의 앓는 소리도 내지 않았던 독종들의 입에서 드디어 신음이 흘러나오기 시작했다.

간수는 이게 지금 무슨 상황인지 파악하지 못한 채 저들의 신음을 듣고 눈을 동그랗게 떴다.

자신들이 그렇게 노력을 했음에도 나오지 않았던 신음이 무슨 짓을 했는지 대번에 흘러나오기 시작했다. 심지어 엄청 고통스러운 표정으로 몸부림을 치고 있었다.

"2단계에서도 이 정도까지 버틴다고? 대단한데?"

딱-!

파직-!

"끄아아아악!"

"으아아아악!"

"끄어어억!"

영웅이 손가락을 한 번 더 튕기자 지금까지 듣지 못했던 엄청난 크기의 비명이 닌자들의 입에서 튀어나오기 시작했다.

"한 번 더 튕겨 봐?"

그 말에 닌자들이 고통스러워하면서도 고개를 좌우로 절레절레 저었다.

"의자."

영웅의 말에 뒤에서 멍하니 있던 신하가 정신을 차리고 재빨리 의자를 영웅이 있는 곳으로 가져다 놓았다.

영웅은 그 의자에 앉아 천천히 그들이 비명을 지르는 것을 지켜보았다.

그렇게 차 한 잔 마실 시간이 지났을까?

고통이 사라졌는지 온몸이 땀범벅이 된 채로 거친 숨을 내쉬는 닌자들이 보였다.

"헉헉헉!"

"쿨럭! 쿨럭!"

그런 닌자들을 보고는 영웅이 미소를 지으며 손가락을 다시 튕겼다.

딱-!

그 소리와 함께 닌자들의 고개가 번쩍 들어졌고 그들의 눈에는 절망감이 지나갔다.

"끄아아아악!"

그리고 다시 비명이 끊임없이 흘러나오기 시작했다.

이것은 다음 날 새벽이 될 때까지 이어졌다.

마지막 고통이 사라지자 한 닌자가 고개를 들어 간절한 표정을 지으며 외쳤다.

"마, 맞습니다! 저희가 한 짓입니다! 정말입니다!"

그 말에 영웅이 흥미로운 표정을 지으며 물었다.

"호오, 그래? 무엇을?"

"하, 항구에 불을 지른 것은 전부 저희가 한 일입니다!"

"그렇군."

딱-!

"끄아아아악!"

영웅은 다시 손가락을 튕겼고 이번에 방금 입을 연 닌자를 제외한 나머지 닌자들만 고통에 몸부림을 치기 시작했다.

"아까보다 더 고통스러울 거야. 단계를 더 올렸거든."

꿀꺽-!

영웅의 말에 방금 입을 연 닌자가 자신도 모르게 침을 삼켰다.

"쟤는 풀어 줘. 내가 원하는 답을 했으니 상을 줘야지."

영웅의 명에 풀려난 닌자는 공포스러운 표정으로 귀를 막고 그 자리에 엎드렸다.

동료들의 비명을 듣기가 괴로웠기 때문이었다.

그렇게 또 시간이 흐르고 고통이 사라지자, 이번엔 누구라고 할 것도 없이 서로 자신이 아는 정보를 말하기 바빴다.

"제가 아는 정보를 모, 모두 말하겠습니다!"

"저, 저는 이놈보다 더 많은 정보를 알고 있습니다!"

"저도……."

"제가 먼저……."

짝짝-!

사방에서 서로 말하겠다고 떠드는 통에 시끄러워지자 영웅이 손뼉을 쳤고, 이내 거짓말처럼 닌자들의 입이 다물어졌다.

그런 닌자들을 보며 미소를 지으며 나긋나긋한 목소리로 말하는 영웅이었다.

"시간은 많아. 천천히 하자, 천천히."

영웅의 목소리는 악마의 목소리로 들렸고, 그의 미소는 죽음의 사신이 보내는 미소 같았다.

침을 꿀꺽 삼키며 닌자들은 영웅이 죽으라면 죽는시늉까

지 할 기세로 성실하게 질문에 답했다.

"흠. 서양인이 의뢰를 한 거라고?"

"그, 그렇습니다! 저, 저희는 그런 의뢰를 전문적으로 받아서 일을 처리해 주는 전문 업자입니다."

세상이 빠르게 바뀌고 과학이 발달하면서 닌자로서의 쓰임새가 불분명해지자, 그들은 살기 위해 특기를 살려 지금처럼 이런 위험한 일을 대신에 해 주는 해결사 일을 하는 것으로 업종을 바꾼 상태였다.

3장

닌자라는 특수한 신분 때문에 이들은 고문에 특화되어 있었다. 임무에 실패해서 잡혀도 진실을 말하는 자가 한 명도 없기로 유명했고, 그런 점 때문에 이들을 찾는 이들이 많았다.

아이러니하게도 세상이 바뀐 지금이 이들의 전성기였다.

덕분에 명성을 얻어 세계적으로도 알아주는 단체가 되어 있었다.

그런데 오늘 그 명성에 금이 간 것이다. 그런데도 이들의 눈에는 후회가 보이지 않았다. 오히려 조금이라도 자신이 아는 것을 더 말하지 못해 안달이 난 모습이었다.

"그게 전부야?"

그게 전부냐는 이 한마디가 그들에게 엄청난 공포를 가져다주었다.

사시나무 떨듯이 떨면서 자신이 태어난 이후의 일을 모조리 말할 기세로 입을 열기 시작했다.

그런 그들에게 영웅은 손을 들어 제지하고는 생각했다.

이들은 의뢰인이 누군지는 관심이 없는 단체였다. 자신들이 정한 대금만 정확하게 지급해 주면 의뢰자가 누구든 상관없이 일을 시작하는 것 같았다.

오히려 의뢰인의 정체를 모르는 것에 답답해하는 것은 지금 영웅의 눈앞에 꿇려 있는 일본인들이었다.

영웅이 묻는 말에 대답을 못 했다는 사실로 인해 부들부들 공포에 떨고 있었다.

"유럽 놈들인가?"

영웅의 물음에 옆에 있던 천민우가 고개를 숙이며 대답했다.

"최근에 유럽 쪽 나라들이 모여서 회담을 한 정황이 포착되긴 했었습니다."

"흠, 우리를 견제하기 위해 뭉친 건가? 그들과 전쟁을 한다면 승률은?"

"100%입니다."

천민우가 자신 있게 대답하자, 영웅이 만족스러운 미소를 지으며 고개를 끄덕였다.

정말로 더는 이제 걱정을 할 필요가 없어 보였다. 홀가분한 마음으로 현세로 떠나도 될 것 같았다.

그래도 마지막으로 남은 위험 요소는 정리하고 가야겠다고 생각을 하는 영웅이었다.

며칠 뒤.

대한제국 자유무역 지구에 있는 정부 제2청사에 유럽 각국의 대사들이 우르르 몰려 들어왔다.

그들은 대한제국이 담당하는 곳에서 자신들의 배가 불탔으니 책임을 지라며 억지를 부리고 말도 안 되는 보상안을 들이밀었다.

보상안은 대한제국 본토를 전면 개방할 것과 대한제국이 보유하고 있는 과학기술들을 공공재로 무상 공개하라는 것이었다.

또한, 세계 평화를 위한 일이라며 대한제국의 군사력까지 트집을 잡기 시작했다.

대한제국의 외교부 장관이 말도 안 되는 억지라며 단칼에 거절하자, 이들은 후회할 것이라고 엄포를 놓으며 떠났다.

그리고 짐작했듯이 이들이 모인 연합은 대한제국에 전쟁을 선포했다.

이유는 세계 평화였다.

대한제국이 군사력을 키워 전 세계의 평화를 위협하고 있다는 것이 그들이 내세운 명분이었다.

유럽 연합과 미국은 곧바로 대대적인 전쟁을 준비하기 시작했다.

그 전쟁을 참가하는 군함 중에는 과거 대한제국에 쳐들어갔다가 호되게 당하고 나왔던 사령관도 포함되어 있었다.

그는 영웅이 풀어 준 뒤로 다시 미국으로 복귀했고, 능력이 출중했던 그에게 다시 대양 함대 중 하나가 맡겨졌던 것이다.

"뭐? 어디랑 전쟁을 선포했다고?"

"대, 대한제국이랍니다. 어찌합니까?"

"우, 우리가 아는 그 대한제국?"

"네! 그렇습니다! 저희가 경험한 그곳 말입니다."

부관의 말에 사령관이 사시나무 떨듯이 몸을 부들부들 떨었다.

"마, 말려야 하는 거 아닙니까? 저들은 모르고 있습니다. 그곳은 악마가 지배하는 나라라는 것을 말입니다."

부관의 말에 사령관이 신중한 표정으로 물었다.

"자네 생각은 어떤가? 연합이 이길 것 같은가?"

사령관의 물음에 부관이 고개를 세차게 저으며 답했다.

"아, 아시지 않습니까? 저희가 본 것은 일부에 불과하다는 것을. 저들은 단 한 번도 자신들이 가진 진짜 전력을 보인 적이 없습니다."

"그냥 겁주기 위한 것이 아니었을까? 우리가 공포에 떠는 바람에 과대 해석한 것일 수도 있잖아."

함장이 이렇게 말하는 이유는 현실도피 같은 것이었다.

어찌 되었거나 자신은 미합중국의 함대 중 하나를 이끄는 사령관이었다.

그런 사령관의 기대 어린 눈빛을 철저하게 무시하며 진실을 말하는 부관이었다.

"저, 절대로 아닙니다! 그 당시에도 괴물 같은 나라였는데 지금은 그때보다 수십 배는 더 발전한 나라입니다. 무엇이 튀어나올지 감조차 잡을 수 없는 나라입니다. 사령관님! 무모한 짓입니다. 말려야 합니다."

부관의 말에 사령관의 표정은 더욱더 침울하게 변했다.

"내가 말한다고 듣겠는가? 오히려 나를 배신자로 매도하고 사령관의 자리를 빼앗겠지. 안 그런가?"

"그, 그건……."

"나는 내가 해야 할 일을 해야겠다. 그래도 우리 함대 놈들만이라도 무사히 살려 조국으로 돌려보내야겠어."

사령관은 주먹을 불끈 쥐고는 결연한 표정으로 말했다.

"이번 전쟁에서 우리의 작전은 무조건 생존이다."

결연한 그의 말에 부관 역시 입을 꾹 다물며 고개를 힘차게 끄덕이고는 끝없이 펼쳐진 바다를 바라보았다.

꿈꿈꿈

미국을 포함한 유럽의 열강들이 모인 연합군이 드디어 출진을 시작했다는 소식이 들려왔다.

전쟁이 시작되었음에도 영웅은 신경도 쓰지 않는 모습으로 여유롭게 차를 마시고 있었다.

"주군, 정말 저대로 두어도 될까요?"

방 안에는 천민우와 천지회주, 차태성과 임시혁이 자리하고 있었다.

다른 이가 아닌 그들과 있을 때는 지금처럼 편하게 대화를 나누었다.

영웅은 이번 전쟁에서는 절대로 개입하지 말라고 이들에게 이야기하고 있었다.

"언제까지 우리가 뒤를 봐줄 순 없어. 여기서 영원히 살 건 아니잖아."

"그래도 한두 나라도 아니고 무려 아홉 개 국가가 힘을 합친 연합체입니다. 저희가 없어도 정말로 괜찮을까요?"

걱정 가득한 표정으로 묻는 이들에게, 영웅은 고개를 흔들며 말했다.

"이 전쟁이 최종 과제다. 우리가 없는 세상을 저들이 지배하려면 이 전쟁은 최소한의 피해로 이겨야 해. 그것을 우리가 없는 상황에서 온전히 저들의 힘만으로 해내야 하고."

"정말로 돕지 않으실 예정입니까?"

"응. 대신, 전쟁에서 이기면 선물을 주고 가야지."

"선물요?"

"후후후."

수하들의 질문에도 답을 하지 않고 그저 웃으며 차를 마시는 영웅이었다.

그러다가 마음이 바뀌었는지 입을 열었다.

"전쟁이 끝나면……."

영웅은 자기 생각을 수하들에게 이야기했고 영웅의 이야기를 들은 수하들은 고개를 끄덕이고는 준비를 하겠다며 나갔다.

사람들이 전부 나간 텅 빈 방 안을 잠시 둘러보던 영웅은 다시 차를 마시며 중얼거렸다.

"이제 이곳 생활도 얼마 남지 않았군. 생각보다 길었어. 뭐, 덕분에 대학 생활 4년 동안은 지겹지 않았군."

아쉬움과 홀가분함이 공존하는 영웅이었다.

＊＊＊

대한제국과 전쟁을 선포한 연합군이 드디어 출진했다.

오랜 기간이 걸린 이유는 바로 대한제국의 북쪽을 치고 들어갈 육군의 이동 때문이었다.

육지와 바다에서 동시에 밀고 들어가 대한제국의 군사력을 분산시킨다는 작전이었다.

그들의 장비는 시대에 어울리지 않게 많은 발전을 이룬 상태였다. 이 모든 것은 전부 대한제국 덕분이었다.

대한제국의 문물이 세계에 퍼져 나가면서 과학력도 빠른 속도로 발전한 것이다.

덕분에 전쟁 병기의 발전에도 가속력이 붙었고, 연합군이 보유하고 있는 장비들 역시 많은 발전이 있었다.

이 시대에는 존재해서는 안 될 전투기가 하늘을 날아다니고 있었다.

전투기는 사실 다른 나라에 나라의 기밀을 팔아넘긴 매국노 때문에 정보가 넘어간 것이다.

이때 전투기뿐 아니라 대한제국의 중요 국방 기술들이 해외로 많이 넘어갔다.

분노한 영웅은 관련자들을 모조리 처단하고 국가 기밀을 다루는 기관에서 일하는 자들 전부에게 배신을 하지 못하도록 세뇌를 걸어 버렸다.

또한, 자신이 사라지고 난 뒤에도 이것이 유지될 수 있도록 국가기관이 모여 있는 곳에 거대한 진을 만들었다.

진 안에서 생활하는 사람들은 자연스럽게 세뇌가 되어 나라에 대한 절대적인 충성심을 가지게 되었다.

대한제국의 기술을 습득한 열강들은 앞다투어 무기 개발에 열을 올렸고, 덕분에 역사보다 몇십 년 빠르게 발전된 무기들이 세상에 나타난 것이다.

육지로는 유럽 최초의 전차인 독일 전차들이 줄지어 대한제국의 국경으로 향하고 있었고, 바다로는 대구경 포가 장착된 거함들이 태평양 이곳저곳에 퍼져 있는 대한제국의 영토를 점령하기 위해 이동하고 있었다.

그들의 머릿속에는 패배라는 단어가 존재하지 않았다. 자신들이 가진 무기들이 대한제국과 비교하면 절대로 뒤처지지 않는다고 자부하고 있었다.

대한제국을 점령하고 어찌 나눌 것인지 행복한 고민만을 하고 있었다.

하지만 이들은 몰랐다.

자신들이 빼낸 기밀 정보는 1세대 무기들에 관한 정보였다는 것을.

지금 대한제국의 무기들은 전부 3세대로 바뀌어 있는 상태였다.

이미 지구 밖에는 이들의 일거수일투족을 모조리 감시하는 위성까지 존재하고 있었다.

이들의 움직임은 실시간으로 측정되어 군 사령부에 보고된다.

이 정보를 바탕으로 한 명령이 전역에 퍼져 있는 대한 제국군에게 내려졌다.

태평양 연안.

은색 빛깔의 날렵한 모습의 전함이 유유히 파도를 가르며 힘차게 나아가고 있었다.

그 전함의 주변에는 그것과 비슷하게 생긴 전함들이 여러 척 있었다.

"적들이 레이더에 잡혔습니다."

"흠, 거리는?"

"120km입니다. 해성의 사거리 내에 들어왔습니다!"

"좋아. 우리가 받은 명령은 사정 봐주지 말고 모조리 수장시키라는 것이다. 공격해!"

함장의 명령과 동시에 붉은색 버튼이 눌러졌다. 전함의 앞부분에서 하얀색의 기다란 무언가가 불을 내뿜으며 하늘을 향해 솟구치기 시작했다.

쿠오오오오-!

쿠오오오-!

연달아 날아가는 것은 바로 대함미사일인 해성이었다. 이 전함뿐만 아니라 주변에 있던 다른 전함에서도 동시에 수많은 미사일이 하늘을 향해 솟구쳤다.

한편, 자신들에게 엄청난 위기가 닥치는지도 모른 채 대한 제국을 향해 열심히 이동 중인 연합군의 함대엔 여유가 묻어

났다.

"이거 너무 일방적인 전쟁 아니야?"

한가로이 햇볕을 쬐던 수병이 옆에 있던 동료에게 말했다.

"모르는 일이지. 우리가 타고 있는 이 배나 전차 같은 물건을 가장 먼저 발명하고 개발한 곳이 대한제국이라고 들었어. 그러니 모르긴 몰라도 우리보다 더 뛰어난 함정과 무기들을 지니고 있을지도 몰라."

"그래 봐야 거기서 거기겠지. 우리라고 그대로 만든 것은 아니잖아? 수많은 과학자가 모조리 달라붙어서 연구하고 개량했다고 하던데?"

"그런데 왜 이리 불안하지?"

"전쟁이라는 단어 때문 아닐까? 마음 편하게 먹어. 이 전쟁은 압도적인 우리의 승리일 테니. 주변을 봐. 세상을 호령하는 강대국들이 전부 우리 편이라고."

"네 말대로 정말 그랬으면……."

갑자기 말을 하다 말고 어딘가를 바라보는 동료였다.

"뭐야? 말을 왜 하다 말……."

동료가 바라보는 곳을 쳐다보며 말하던 수병도 말을 끝까지 하지 못했다.

하늘에는 처음 보는 괴상한 물체들이 흰 꼬리를 남기며 자신들을 향해 날아오고 있었기 때문이었다.

"저게 뭐……."

슈아아아아—!

콰쾅—!

그것이 이들이 본 이승에서의 마지막 풍경이었다.

순식간에 연합 함대를 덮친 미사일에는 자비가 없었다.

타격하는 족족 배를 두 동강 내고 있었다.

쿠쿠궁—!

거대한 배들이 철골이 우그러지는 소리와 함께 바다로 가라앉았고 사방에서는 비명이 난무했다.

"으아아악!"

"무, 무슨 일이야!"

"사람 살려!"

"살려 줘! 죽고 싶지 않아!"

수십 척이 넘는 배들이 모조리 박살이 나고 유일하게 남은 한 척의 배가 있었다.

이 참상을 제대로 세상에 알리라는 의미로 한 척은 남겨 둔 것이다.

물론, 살아남은 자들을 구하라는 뜻이기도 했다.

유일하게 남은 전함에서는 이 엄청난 참상을 보고 패닉에 빠졌다.

위풍당당하게 출진했던 전함들은 눈 깜짝할 사이에 파편 쪼가리만 남긴 채 모조리 가라앉아 버렸다.

"이, 이게 뭐야!"

"무슨 일이 일어난 거야!"

함장 역시 태어나서 처음 겪는 압도적인 광경에 정신을 차리지 못하고 멍한 표정으로 바다를 바라보았다.

사방에서 사람들의 아우성이 들려오고 여기저기서 기괴한 소리와 함께 배들이 침몰하고 있는 지옥도 속에 함장이 할 수 있는 것은 아무것도 없었다.

그때 함장의 정신을 깨우는 목소리가 들려왔다.

"함장님! 함장님! 정신 차리십시오! 사람들이 죽어 갑니다! 어찌할까요? 명령을 내려 주십시오!"

부관의 말에 함장은 주변을 다시 한번 두리번거리고는 머리를 세차게 흔들었다. 자신의 양 뺨을 때려 정신을 차리고는 재빨리 명령을 내렸다.

"뭘 보고 있어! 당장 구해!"

"바, 방금 우리를 공격했던 그것이 또 오면 어찌합니까?"

부관의 말에 함장이 고개를 저으며 말했다.

"우리를 공격할 일이 없을 것 같다. 그들은……. 우리 함정을 일부러 남겨 둔 거야."

"네? 대체 왜?"

"가서 전하라는 것이지. 자신들에게 덤비는 무모한 짓은 하지 말라고. 저들은 애초에 우리를 자신들의 적이라 생각지도 않은 것이겠지."

망망대해에서 홀로 살아남은 전함 한 척의 함장은 바닷속에서 허우적거리는 아군들을 바라보며 감상에 빠졌다.

"우리를 공격한 것이 무엇일까?"

함장의 물음에 옆에 있던 부관이 연신 두려운 얼굴로 눈을 이리저리 굴리며 대답을 했다.

"그, 그러니까 말입니다. 거, 거대한 화살 같은 모습을 하고 있었습니다."

"그래. 화살. 아니, 거대한 기둥이 날아오는 것 같았어. 심지어 저 많은 배를 정확하게 격침시켰다. 마치, 자신의 목표가 무엇인지 알고 움직이는, 살아 있는 생물처럼."

"그, 그게 말이 됩니까? 저, 정말로 그런 무기가 존재를 한다면?"

"그래, 조선이라는 나라에서 정말로 그런 무기를 만들었고 그것에 우리가 당했다고 한다면……."

"이, 이 전쟁은 의미가 없습니다. 저, 저런 미친 무기를 쓰는 나라를 어찌 상대합니까!"

덜덜 떨면서 말하는 부관의 말에 함장이 심각한 표정으로 바다를 바라보며 중얼거렸다.

"우린……. 터무니없는 괴물을 건드린 것인지도 몰라. 절대로 건드려서는 안 될 존재를 말이야……."

그런 함장의 중얼거림에 부관 역시 침울한 표정으로 바다를 바라보았다.

끝이 보이지 않은 벌판에 거대한 먼지구름이 일어나고 있었다.

백만에 달하는 유럽연합군의 진격이었다.

수천 대가 넘는 전차를 앞세우고 거침없이 진격하고 있었고, 그 뒤로 수백만에 달하는 병력이 그 뒤를 따르고 있었다.

병사들의 눈빛과 행동에는 사기가 가득했다.

아무것도 모르는 자신들이 생각해도 이것은 질 수가 없는 전쟁이었기 때문이었다. 끝도 없이 펼쳐진 저 엄청난 양의 병력을 막을 나라는 세상 어디에도 존재하지 않을 것이라는 자신감이 가득했다.

그들을 가장 선두에서 이끄는 각국 지휘관들의 입가에 미소가 가득했다.

"이제 곧 대한제국의 국경이오."

"동양 원숭이 놈들 때문에 이렇게 연합까지 해야 하는 것이 짜증 나서 미칠 지경이오. 빨리 저 원숭이들을 교육하고, 본국으로 돌아가고 싶은 마음뿐이오."

"뭐, 얼마 걸리겠소? 혹시 또 모르지, 이 병력을 보고 지레 겁먹고 항복할지도."

"그러면 더할 나위 없이 좋겠지만 듣기로는 아주 독한 민족이라고 하던데."

"나도 그리 들었소. 다른 것은 모르겠고 나라에 위기가 닥치면 이유 불문하고 나라를 지키기 위해 뭉치는 민족이라고 들었소. 오죽했으면 저 덩치 큰 청나라도 정복을 못 하고 그저 신하국으로 두었겠소."

"그게 정말이면 골치 아프겠군."

"하하하! 뭘 그리 심각하게 고민하시오! 우리 뒤에는 2진이 따라오고 있소. 해상에는 함대들이 저들의 바다를 막을 것이며, 하늘에는 전투기들이 우리를 지원할 테니 아무런 걱정 하지 마시오."

"그 모든 것이 전부 대한제국에서 나온 물건들이 아니오! 그것이 세상에 나온 지 벌써 10년이 지났소! 그 기간 저들이 가만히 있었겠소? 모르긴 몰라도 더 발전된 것들을 개발해 냈을 것이오."

"우리는 뭐 놀고 있었나? 우리 과학자들도 연구하고 또 연구해서 개량하고 발전시킨 물건들이오! 그리 겁이 나면 후방으로 물러나시오! 오는 내내 계속 그렇게 초를 치는 소리를 하는데 이제 아주 넌덜머리가 나오!"

두려움에 떨고 있는 지휘관은 독일에서 온 지휘관이었다.

그는 오는 내내 찝찝함을 버리지 못하고 있었다.

그러던 차에 같이 가던 지휘관들이 자신에게 후방으로 물러나라고 하니 오히려 환한 표정으로 반겼다.

"그, 그래도 되겠소?"

뒤로 물러나라니까 환한 표정으로 웃으며 되묻는 독일 지휘관을 본 다른 나라 지휘관들이 일순 어이가 없는 표정을 지었다.

　"허······. 그, 그러시오."

　"알겠소. 우, 우리는 후방으로 물러나서 지원하겠소."

　독일 지휘관이 환한 표정으로 서둘러 나가자, 남은 지휘관들이 멍한 표정으로 그가 나간 곳을 바라보았다.

　"겁쟁이 같으니라고. 저런 것이 우리와 같은 장교라니."

　"수치요! 수치! 에잉! 병사들이 우리를 저놈이랑 같은 취급 할까 봐 겁이 날 뿐이오."

　"차라리 잘되었소. 오는 동안 보니까 방해가 되었으면 되었지 도움이 될 만한 놈은 아니었소. 그냥 뒤로 물러나는 것이 오히려 도와주는 것이 될 수도 있소."

　그들은 나간 독일 지휘관을 무시하고는 자신들끼리 전술을 새로 짜기 시작했다.

　새로 짠 전술로 다시 전진하려는 그때, 보고가 들어왔다.

　지휘관 중 한 명이 보고서를 받아 들고는 내용을 다른 이들에게 읽어 주었다.

　"정찰병들이 적들을 발견한 모양이오."

　"흠, 적들의 수가 많지 않아 보였다? 유인책인가?"

　"밖을 보시오. 이런 허허벌판에서 유인책은 무슨. 훤히 다 보이는 판에 어디 병력을 숨기기라도 하겠소? 다급하게 보낸 병력인 것이지. 돌격합시다. 후딱 적의 저지선을 뚫고 놈들의 영토에 발을 내디뎌야겠소!"

"동의하오! 이러다가 해군 놈들에게 선수를 빼앗길 수도 있소."

그들은 적들이 진영을 짜고 자리를 잡고 있음에도 병력이 적다는 이유 하나만으로 돌격을 결정지었다.

오만과 과신의 결과였다.

그것이 지옥으로 들어가는 입구인지도 모른 채.

유럽연합군은 저 멀리 보이는 조선군의 모습을 보고는 반색을 하며 자신들의 전차 병력을 일제히 저들이 있는 곳으로 출진시켰다.

조선군이 가져온 전차의 크기가 자신들 것보다 훨씬 거대해서 살짝 머뭇거렸지만, 자신들은 조선군의 전차 수와 비교하면 압도적으로 많은 양의 전차를 보유하고 있었기에 대수롭지 않게 생각하고 진격시킨 것이다.

연합군의 전차는 자신들의 앞쪽에 있는 조선군의 전차를 향해 맹렬하게 돌진하며 포를 쏘기 시작했다.

쾅-! 쾅-! 쾅-! 투캉-! 투캉-! 팅-!

연합군의 전차들은 대한제국의 전차들을 향해 쉬지 않고

포를 쏘았다.

대한제국의 전차들은 딱히 대응하지 않고 그것을 고스란히 맞았다.

처음에는 왜 움직이지 않고 그냥 맞고만 있냐고 생각하다가, 이내 저렇게 얻어맞고 있음에도 멀쩡한 모습의 조선군 전차를 보고는 경악했다.

그 장면은 연합군의 병사들에게도 극한의 공포를 주었다.

이 말도 안 되는 장면을 지켜보던 연합군의 지휘관들 역시 커다란 혼란에 빠졌다.

"도, 도대체 저 괴물은 뭐야!"

"그렇게 공격을 했음에도 상처 하나 없습니다!"

"나도 알아! 지금 보고 있잖아!"

"어, 어찌해야 합니까?"

지휘관들이 당황하며 허둥대고 있을 때, 한창 전투 중인 연합군의 전차들은 공황 상태에 빠져들고 있었다.

아무리 공격을 해도 멀쩡한 적의 전차를 보며 자신들이 지금 악몽을 꾸는 것이 아닌가 하는 착각에 빠졌다.

대한제국의 전차는 영웅이 원래 히어로 노릇을 하던 먼 미래에 존재하던 전차들이었다.

악당 중에 미국의 기밀 군사 문건들을 가지고 있는 자가 있었고, 영웅은 그들이 가진 기밀문서를 모조리 압수했다.

그 기밀문서에는 온갖 최첨단 장비의 설계도도 포함되어

있었다.

영웅은 그것들을 지금의 조선에 모조리 풀어 놓았다.

조선의 과학자들은 그것을 연구하고 또 연구해, 완벽하진 않지만 어느 정도 비슷하게 완성시켰다.

그 결과가 바로 지금의 이 모습이었다.

완벽하지 않았음에도 압도적인 전투력을 자랑하고 있었다.

두렵고 괴물 같은 방어력을 자랑하며 연합군들 사이를 헤집고 다니는 중이었다.

대한제국의 전차들이 아직 공격을 시작하지 않았기에 사상자는 나오지 않았지만, 연합군 병사들의 사기는 급격하게 하락하고 있었다.

대한제국은 공격하지 않고도 적들을 무너뜨리고 있었다.

그때.

퍼퍼퍼퍼펑-!

대한제국의 전차에서 일제히 공격이 시작되었다.

콰쾅-! 쾅-! 콰콰쾅-!

아무리 공격을 해도 꿈쩍도 안 하던 대한제국의 전차와는 달리, 연합군의 전차는 맞는 족족 박살이 나고 있었다.

그냥 박살도 아니고 말 그대로 산산조각이 나서 전차의 파편이 사방으로 흩날렸다.

그 파편에 주변에 있던 보병들까지 휩쓸려서 죽어 나가고 있었다.

그 모습에 후방에 있던 전차들이 다급하게 후퇴하기 시작했는데, 의미가 없었다.

대한제국의 전차는 사정거리도 길었다.

자신들의 전차들은 엄두도 못 낼 거리를 한 치의 오차도 없이 정확하게 맞히고 있었다.

콰쾅-!

연합군의 전차가 사방에서 터져 나가자, 그것을 지켜보던 지휘관들은 공포에 질린 얼굴로 다급하게 후퇴를 외치기 시작했다.

"저, 전군! 후, 후퇴하라! 다, 당장!"

"저, 저런 괴물 같은 무기를 지닌 나라를 공격하라고? 사령부는 상대의 전력을 조사도 하지 않은 거야?"

"미, 미쳤어! 조선이라는 나라에 대해 제대로 조사도 하지 않은 것인가!"

문제는 대한제국의 전차 속도였다.

후퇴를 한다고 해도 적의 전차의 속도가 너무 빨라서 잡힐 지경이었다.

그렇게 연합군은 서로 우왕좌왕하며 후퇴하기 시작했다. 다들 대한제국의 전차가 오기 전에 최대한 도망치기 위해 정신없이 달리고 있었다.

그런데 대한제국의 전차들이 갑자기 멈추더니 더는 전진

하지 않는 것이었다.

"뭐, 뭐야?"

"항복을 종용하려는 것이 아닐까요?"

그 말이 정답이었다. 항복이라는 단어가 나오고 곧바로 대한제국군 쪽에서 방송이 흘러나왔다.

ー항복하라. 그러면 무사히 집으로 돌아갈 수 있게 해 주겠다.

방송은 끊임없이 반복하여 흘러나오고 있었다.

하지만 연합군의 지휘관들은 항복이라는 단어를 꺼내고 싶지 않았다. 자존심의 문제였다.

아직 그들의 내면에는 동양인들은 미개하고 자신들의 아래에 있다는 사상이 깔려 있었기 때문이었다.

그들은 대한제국의 권고를 무시하고 후퇴를 강행하기 시작했다.

그때 대한제국 쪽에서 희미하게 포 소리가 들려왔다.

지휘관 중에 귀가 유달리 밝은 한 명이 갑자기 멈추더니 소리가 들린 쪽으로 귀를 기울였다.

눈을 감고 집중해서 소리를 듣던 그가 눈을 뜨며 말했다.

"포 소리 같은데……. 소리의 크기로 보아선 꽤 먼 거리인데."

"그게 무슨 말이오? 나는 아무 소리도 안 들리는데?"

"아니오. 나도 들었소."

귀가 밝은 지휘관의 중얼거림이 끝나 갈 때쯤, 후방에서 엄청난 굉음이 울려 퍼졌다.

콰콰쾅-! 쿠르르르르릉-!

재빨리 후방을 바라보니 그곳에는 거대한 화염의 벽이 생긴 것처럼 끊임없이 터져 나가고 있었다.

쿠콰콰쾅-!

화르르르륵-!

땅이 울리고 폭발로 인해 생성된 폭풍이 연합군을 덮쳤다.

지옥의 풍경이 벌어지는 그곳은 자신들이 후퇴하며 이동하려 했던 그 장소였다.

다행인 것은 아직 그곳으로 들어간 연합군의 병력이 없었다는 점이었다.

"저, 저들은 우리에게 경고하고 있는 거야……. 도, 도망 갈 곳은 없다고."

"미, 미친! 저런 화력이라니……. 저런 끔찍한 광경은 본 적도 없어."

"조금만 더 전진했다면……. 꿀꺽……."

엄청난 광경에 다들 경악하며 불타오르는 대지를 바라보고 있었다.

"저 포격이 우리를 향한다면……."

누군가의 중얼거림이 들려왔다. 그 말에 다들 얼굴에 핏기가 사라지며 온몸을 부르르 떨었다.

지옥도 같은 풍경에 지휘관들 역시 사색이 된 얼굴로 입만 뻐끔거리며 타들어 가는 대지를 바라보고 있었다.

앞에선 아무리 공격을 해도 대미지 자체가 안 먹히고 엄청난 파괴력의 포를 가진 괴물 전차가 자신들을 노려보고 있었고, 후방에는 언제든지 자신들을 한낱 고기로 만들 무지막지한 파괴력의 포격이 기다리고 있었다.

애초에 상대 자체가 안 되는 전쟁이었던 것이다.

그 순간 지휘관들의 몸에서 소름이 돋았다.

그때 한 지휘관이 벌떡 일어나더니 덜덜 떨면서 말을 하기 시작했다.

"가, 가만. 분명히 저들의 병력이 적다고 하지 않았소?"

"왜 그러시오?"

"저 정도 병력으로도 우리 1백만 대군을 이렇게 압도적으로 상대하는데……. 대한제국이 전력을 다한다면……."

그 지휘관의 말에 다른 지휘관도 무언가 생각이 난 듯이 입을 열었다.

"그, 그러고 보니… 보병이 단 한 명도 보이지 않았습니다. 우리가 본 것은 저들의 전차 수십 대가 전부입니다."

그 말에 그곳에 있는 모든 이의 몸에서 소름이 돋았다.

조선군은 전력도 아니었다.

자신들보다 100분지 1의 병력으로도 이렇게 압도적으로 강한데, 저들이 진심으로 이번 전쟁에 임해서 1백만을 동원한다면 어찌 될 것인가.

세상은 저들의 손에 떨어질 것이다.

그 생각을 하니 공포가 엄습해 왔다.

다들 덜덜 떨리는 몸을 애써 추스르고 있을 때였다.

밖에서 소란스러운 소리가 들려왔다.

그 소리에 지휘관들이 일제히 고개를 돌리자 그들의 눈에 엄청난 광경이 들어왔다.

이들이 보지 못했다는 보병 전력을 포함해서 엄청난 위용의 조선 군대가 모습을 드러낸 것이다.

자신들을 상대한 조선군의 전차는 정말로 일부였다.

수십 대의 전차 뒤로 수천 대의 전차가 오와 열을 맞춰서 대열하고 있었고, 그 뒤로 새까맣게 많은 수의 병력이 대기하고 있었다.

이들의 마지막 희망을 완전히 박살 내기 위해 모습을 드러낸 것이다.

"저, 저런 병력이 뒤에 있었다니……. 저 괴물 같은 전차의 수가……. 우리가 가져온 전차의 수와 비슷해 보이는 것은 내 착각일까요?"

"이, 이것은 애초에 덤벼선 안 되는 상대였소."

"저, 저런 상식을 벗어난 나라가 존재하다니……. 이건 있을 수 없는 일이오!"

"나도 그렇게 생각하오. 하지만……. 우리 눈앞에 그런 나라가 지금 있지 않소."

다들 고개를 끄덕이며 이 말에 동의를 표했다.

그리고 다들 누군가가 꺼내 주길 간절히 원하는 말이 나왔다.

"항복합시다……. 뭘 더 어찌하겠소."

"……그럽시다."

"우리가 할 수 있는 것이 전혀 없으니……."

대한제국을 향해 진격할 때까지만 해도 승리를 눈앞에 둔 것 같았는데, 모든 것이 하룻밤의 꿈이었다.

이제 꿈에서 깨어나 현실로 돌아온 지휘관들의 모습은 처량했다.

연합군의 패배.

이 소식이 후방으로 물러난 독일군에 전달되었다.

독일군 지휘관은 방금 들어온 따끈따끈한 소식에 깜짝 놀라며 벌떡 일어나 외쳤다.

"뭐라고? 적들에게 조금의 피해도 입히지 못했는데 패배했다고?"

소식을 가져온 전령을 황당한 눈으로 바라보면서 묻는 독일군 장교였다.

"그, 그렇습니다."

"그게 말이 돼? 아니 아무리 강국이라 해도 어찌 그럴 수가 있어? 혹시 연합군은 맨주먹으로 덤비고 대한제국은 총으로 싸웠나?"

말도 안 되는 소식에 장교가 말도 안 되는 이야기로 응수했다.

"아닙니다! 연합군의 전차는 대한제국의 전차에 그 어떤 타격을 입히지 못했다고 합니다. 그리고 전차가 아니라 대한제국군의 진짜 무서움은 포병 전력이라고 합니다."

"포병?"

"그렇습니다. 그 포격을 보자마자 항복을 했다고 합니다."

"연합군의 피해는?"

"크지 않습니다."

"그게 무슨 말이야? 크지가 않다니? 방금 포격에 당해서 항복을 했다며?"

"연합군의 퇴로에 포격했다고 합니다. 자신들의 퇴로가 터져 나가는 모습에 연합군이 항복을 한 모양입니다!"

"……."

전령의 말만 들어서는 도대체가 무슨 상황이었는지 짐작조차 되지 않았다.

아무리 상상력을 최대한으로 발휘해 봐도 이해가 되지 않았다.

전차 대 전차의 싸움에서 일방적으로 공격을 했음에도 대한제국 전차에 조금의 피해도 입히지 못했다고 그러고, 또 포격에 지레 놀라서 항복했다니.

물론 자신들도 대한제국이 두려워 후방으로 피하긴 했지만, 지금 전령의 말을 조합하면 자신들이 상상했던 것보다 훨씬 더 압도적으로 강한 국가라는 소리였다.

"아무래도 말도 안 되는 엄청난 국가가 세상에 나타난 것 같군."

독일군 장교의 말은 곧 현실이 되었다.

연합군의 패배가 전 세계에 전해진 것이다.

심지어 미군이 야심 차게 준비한 항공모함에 회심의 무기인 잠수함까지 동원했는데, 대한제국은 이미 그것에 대한 대비가 전부 되어 있었다. 심지어 조선군의 잠수함은 자신들이 만든 조악한 것이 아니라 엄청난 성능을 자랑하는 괴물이었다.

미군마저 처참하게 패배하자 세계는 인정할 수밖에 없었다.

대한제국이라는 나라가 진정한 최강국이라는 것을.

세계가 대한제국을 경외하고 두려워하기 시작하는 것을 본 영웅은 매우 만족한 표정을 지었다.

이제 정말로 자신이 이곳에서 해야 할 일은 없었다.

대한제국, 그 이름은 이제 세상을 지배할 것이다.

시간이 다시 흐르고.

강화도 마니산 정상에 영웅과 그의 일행들, 현 대한민국의 대통령과 대신들이 서 있었다.

그들의 하나같이 슬픈 표정이었다.

"폐하! 정녕 가셔야 합니까?"

"영영 가는 것이 아니라고 몇 번을 말해."

"하오나 백성들에게 뭐라 말을……."

"휴가 갔다고 해."

미소 지으며 말하는 영웅을 보며 대한민국의 초대 대통령이 울고 있었다.

"왜 우는 거야? 내가 죽으러 가는 것도 아니고. 가끔씩 놀러 올 테니 걱정하지 말고."

"알겠습니다, 폐하……."

이들에게 영웅은 자신이 정말로 신이었으며 내 새끼들이 고통받는 것을 보다 보다 못 참고 내려온 것이라고 둘러댔다.

믿기지 않을 이야기였지만 그동안 영웅이 해 온 것을 본 사람들은 그것을 거짓이라 생각하지 않았다.

현재 조선, 아니 대한민국은 세계 초강대국 중 하나였다.

아니, 유일했다.

세계의 모든 나라가 대한민국의 눈치를 살폈고 대한민국

의 문화를 따랐다.

한글은 세계 공용어가 되어 있었다.

이 모든 것을 이룩하게 해 준 인물이 바로 영웅이었다.

그런 영웅이 정말로 신비한 문을 통해 떠나려 하고 있었다.

"폐하! 부디 신계에 가시어도 옥체 평안하시옵소서!"

"오냐. 나중에 나 놀러 와도 박대하지 말고."

영웅의 농에 대신들이 발끈했다.

"그런 놈이 있다면 소신들이 사지를 찢어 놓겠습니다!"

"맞습니다!"

그런 그들을 둘러보며 영웅이 미소를 지었다.

그리고 등을 돌려 찬란하게 빛나고 있는 화이트 웜홀을 향해 발을 내디뎠다.

순식간에 자취를 감춘 영웅과 일행을 바라보고는 대통령과 대신들이 일제히 엎드리며 통곡을 했다.

"폐하! 폐하! 흑흑흑!"

"폐하! 흑흑!"

"폐하!"

그렇게 영웅의 조선에서의 모험은 끝이 났다.

"어허, 무엄하다."

"……."

"어허! 이렇게 흘리면 어찌하느냐?"

"……."

영웅의 말을 들으며 어이가 없는 표정으로 바라보는 두 사람이 있었다.

바로 영웅의 친구 정하준과 이시우였다.

"너 미쳤냐?"

"왜 그러는 건데? 요즘 사극에 빠졌냐?"

"말투 진짜 적응 안 되네."

"미치려면 좀 곱게 미치든가."

둘은 영웅의 사극 말투에 적응이 안 되는지 연신 고개를 흔들면서 잔소리를 하고 있었다.

"컨셉을 잡아도 아주 지랄 맞게 잡았네."

"내 말이……."

둘의 말에 영웅은 머리를 긁적였다.

하루 이틀도 아니고 무려 50년 가까이 있었던 조선이었다.

그래서인지 자신도 모르게 사극 말투가 튀어나오곤 했다.

조선에서의 볼일을 모두 마친 영웅은 현세에선 어느새 대학교 4학년에 올라간 상태였다. 웜홀에서의 하루가 현세에서 1시간이었기에 가능한 일이었다.

오늘은 정하준이 중대한 발표를 하겠다며 영웅과 이시우

를 불러 모은 것이다.

"중대한 발표가 뭔데?"

"자식들, 너희는 진짜 친구 잘 둔 줄 알아. 내가 오늘 너희에게 큰 선물을 줄 생각이거든."

"오호! 정말? 그건 기대되는데?"

"뭔데?"

둘의 반응을 보며 잠시 즐기던 정하준은 허리에 손을 올리고 얼굴을 한껏 치켜세우며 당당한 목소리로 말했다.

"너희 취업! 이 형님이 책임진다!"

"뭐?"

"우리 취업?"

"그래!"

"그걸 네가 왜?"

이시우의 질문에 정하준이 헛기침을 두어 번 하고는 주변을 둘러본 후 조심스럽게 말했다.

"사실 너희한테 말을 안 했는데 나 백산 그룹 회장 아들이야."

정하준이 이렇게 조심스럽게 말을 꺼낸 이유는 자신이 재벌 집 자식이라고 하면 이들이 자신을 어려워할까 봐서였다.

그런데 둘의 표정이 시큰둥했다.

"난 또 뭐라고. 야, 너 백산 그룹 아들인 거 학교 애들 다 알아."

"뭐? 어떻게 알아? 내가 말을 안 했는데!"

"하아, 네가 술 처먹고 동네방네에 다 얘기했잖아. '나 백산 그룹 회장 아들이다아!' 하고."

"내, 내가? 그, 그런데 왜 나를 계속 만났어?"

"회장 아들이면 못 만날 이유가 있냐?"

"그, 그렇긴 한데……."

"나는 지엘 그룹 회장 아들이다. 됐지?"

이시우가 별일 아니라는 표정으로 툭 내뱉은 말에 정하준이 경악하며 벌떡 일어났다.

"뭐, 뭐? 진짜?"

"진짜로."

"아씨! 그래서 날 보고도 그렇게 시큰둥했구나! 영웅! 너는?"

"나는 천강 그룹."

영웅까지 재벌 집 자식이라고 말하니 정하준이 멍한 표정을 짓다가 입을 열었다.

"뭐……? 인제 보니……. 이것들 전부 재벌 집 자식들이었잖아! 우와 3년 동안 나를 감쪽같이 속였어?"

"속이긴 뭘 속여. 친구끼리 그런 게 뭐 중요하다고."

이시우의 말에 정하준이 놀란 표정을 재빨리 바꾸면서 대답했다.

"그, 그렇지. 친구끼리 뭐 그런 걸 따질 필요는 없지."

둘의 모습에 영웅은 자신도 모르게 웃음이 나왔다.

이들하고 있으면 이렇게 편했다.

"에이씨! 그럼 내가 크게 마음먹고 니들 취직시켜 주려 한 것도 다 날아간 거 아냐!"

"이번에 있을 인턴 실습 말하는 거냐?"

"그래! 한 학기는 현장학습으로 대체하는 거. 우리 회사에서 그거 하거든. 그래서 너희에게 기회를 주려고 했는데."

정하준의 말에 영웅이 미소를 지으며 말했다.

"하자. 남의 회사 분위기는 어떤지 궁금했는데."

"그럴까? 하긴, 나도 지엘 그룹이 아닌 다른 회사 분위기가 궁금하긴 했어."

둘의 말에 정하준이 눈을 껌벅이다가 발끈했다.

"가만! 생각해 보니까 우리 회사에 내가 내 손으로 미래의 적들을 들이는 격이잖아!"

"뭐야? 남자가 한 입 가지고 두말하는 거냐?"

"아, 아니, 그건 아닌데."

이시우와 정하준이 서로 티격태격하면서 걸어가고 있었을 때.

영웅의 핸드폰이 요란하게 울리기 시작했다.

"여보세요?"

ㅡ아들! 인턴 실습해야지?

"아버지?"

–하하하! 녀석. 널 위해 실습 자리를 준비해 두었으니 회사로 오려무나.

"네? 저, 저기."

–왜? 서, 설마 이 애비 회사가 아니라 다른 곳에 가려는 것은 아니지? 그렇지?

"하하하…… 그, 그게 사실……."

–하하하! 그렇지! 우리 아들이 그럴 리가 없지. 지금 당장 회사로 오려무나. 이 애비랑 같이 밥이나 먹자.

"아, 알겠습니다."

영웅은 전화를 끊고 작게 한숨을 쉬고는 친구들을 바라보았다.

"미안……. 일단 아버지와 대화를 먼저 하고 와야 할 것 같아. 아들이 본인 회사가 아닌 다른 곳에 체험학습을 하러 간 사실을 뒤늦게 아신다면 배신당한 기분이실 것 같아서."

영웅의 말에 정하준이 머리를 긁적이며 말했다.

"그러네. 꼭 우리 회사가 아니어도 돼. 부담 갖지 말고 아버지가 하시는 말씀 들어."

"응, 그래도 너희 회사에서 일해 보는 쪽으로 잘 말해 볼게. 그럼 나 먼저 간다!"

영웅이 손을 흔들고 그 자리에서 떠나자, 이시우가 고개를 저으며 말했다.

"생각해 보니 나도 너희 회사로 인턴 실습 가면 울 꼰대가 나를 가만두지 않을 것 같다. 나도 집에 가서 일단 허락부터 맡고 오마."

"으, 응. 그, 그래라."

뭔가 무안한 표정을 하며 축 처져 있는 정하준에게 이시우가 어깨동무하며 말했다.

"그래도 고맙다, 친구! 우리 생각해 주는 건 역시 너밖에 없다. 나도 꼭 허락받아서 너의 그 배려를 받아 주마."

"그, 그럴래? 자식들. 너, 너도 아버지가 반대하면 그냥 말해. '괜히 내 눈치 보지 말고."

"오냐! 걱정하지 마라!"

이시우의 말에 다시 미소를 지으며 즐거워하는 정하준이었다.

천강 그룹 본사 회장실.

영웅은 아버지인 강백현을 만나고 있었다.

"세월이 정말 빠르구나. 네가 벌써 4학년이라니."

한때는 집안의 골칫덩어리였는데 어느새 이렇게 훌쩍 커 버린 아들을 보며 감상에 빠진 강백현이었다.

그러다가 정신을 차리고 입을 열었다.

"이제 대학 생활은 즐길 만큼 다 즐겼으니 슬슬 회사 일을 배워야지?"

"네, 아버지."

영웅이 무덤덤하게 대답하자 강백현이 고개를 앞으로 내밀며 은근한 목소리로 물었다.

"인석이? 대답이 왜 이렇게 시원찮아. 하기 싫은 것이냐?"

강백현의 목소리에는 긴장이 묻어 있었다.

만약에 아들이 정말로 싫다고 하면 어찌하나 마음을 졸이며 물은 것이다.

그것을 눈치챈 영웅이 고개를 저으며 말했다.

"아, 아닙니다. 저는 그냥 조용히 대답한 건데요. 하고 싶습니다."

"하하하하! 그럴 줄 알고 이 애비가 다 준비를 해 두었다. 전에 소개했던 김건하 이사 기억나느냐?"

"네. 천강물류를 총괄하고 있던 분 아닙니까?"

"하하하! 녀석 정확하게 기억하고 있구나. 역시 내 새끼. 어쩜 이리도 기억력이 좋을까."

강백현은 그때 딱 한 번 소개해 준 이후로 영웅이 편하게 대학 생활을 할 수 있도록 따로 만남을 잡지 않았다.

그래서 잊고 있으리라 생각했는데 영웅이 정확하게 기억하고 있었다. 그런 영웅이 그저 이뻐 보이기만 하는 강백현이었다.

사실 천강물류의 김건하 이사는 이미 영웅의 사람이었다.

강백현이 아닌 영웅에게 충성을 맹세한 인물.

그것을 알 리 없는 강백현은 영웅의 기억력이 뛰어난 것을 기뻐하며 즐거워하고 있었다.

"어떠냐. 거기부터 시작해 볼 테냐? 사람들이 물류라고 하면 안 좋은 시선으로 바라보는데, 물류가 없다면 세상은 멈춘다. 우리 회사에서 가장 중요한 곳 중 한 곳이다."

"잘 알고 있습니다."

"하하. 그럼 그곳으로 체험학습 자리를 내어 주마. 주변에 친구들이 있으면 같이 가도 좋다."

그러자 영웅이 고개를 저었다.

"저는 아버지 회사에 당당하게 모든 면접을 통과하고 입사를 하겠습니다."

"뭐? 그게 무슨 소리냐?"

"말 그대로입니다. 천강 그룹에는 제 실력으로 당당하게 합격하여 입사하겠습니다!"

"아니, 굳이 그러지 않아도 되는데. 낙하산이라고 손가락질할까 봐 그러느냐? 그 누구도 너를 손가락질할 사람은 없다."

"아닙니다. 단지 제 능력이 어디까지 통하는지 확인해 보고 싶을 뿐입니다."

당당하게 소신을 말하는 아들을 보며, 강백현은 자신도 모르게 눈물을 흘릴 뻔했다.

대견한 아들을 바라보니 온몸에 소름이 돋으면서 알 수 없는 쾌감이 몸 전체를 감싸 안았다.

저렇게까지 말하는데 안 된다고 말할 수 있는 아버지가 세상에 몇이나 될까.

비록 사춘기 때 말썽을 많이 부리긴 했지만, 그 이후로는 세상 어느 자식보다 자신을 기쁘게 해 주었던 막내였다.

그런 자식이 다 커서 저렇게 당당하게 자신이 나아갈 길을 스스로 개척하겠다고 말하는데, 어찌 안 된다고 말한단 말인가.

감동의 눈물이 나오려는 것을 초인적인 힘으로 겨우 참아 내며 고개를 끄덕이는 강백현이었다.

"그, 그래. 우리 아들 뜻이 그렇다면 이 애비가 존중해 줘야겠지."

겨우겨우 대답하고 입을 다무는 강백현을 보며, 영웅은 그의 감정이 추스러질 때까지 기다려 주었다.

차 한 잔 마실 시간이 지나고 겨우 감정을 추스른 강백현이 환한 미소를 지으며 영웅에게 물었다.

"그러면 인턴 실습은 어디서 할 예정이더냐? 학교에서 보내 주는 기업으로 갈 셈이더냐?"

"아닙니다. 친구네 기업에 가서 체험해 볼 생각입니다."

"친구네? 거기가 어딘데?"

"백산 그룹입니다."

"뭐? 백산?"

"네."

백산이라는 말이 나오자 강백현의 표정이 변했다.

"거기에 능구렁이 같은 노인네가 있다. 조심해라."

"네?"

"아들, 명심하고 또 명심해야 한다. 너는 여기 천강 그룹 사람이라는 것을. 혹해서 백산에 입사한다거나 하면 알지?"

"네? 네⋯⋯."

"꼭! 꼭! 명심하고 거기 가서 괜히 능력 뽐내지 말고. 그냥 쥐 죽은 듯이 있다가 나오거라. 대충 했다고 학점이 좀 떨어지면 어떠냐? 어차피 네가 올 곳은 여긴데."

아버지의 반응을 보았을 때 그곳에 있는 누군가를 극도로 경계하는 것 같았다.

영웅이 살짝 눈치를 살피며 물었다.

"그런데 아버지가 말씀하신 그분은 직급이 어떻게 되시는 데요?"

"그 노인네? 거기 회장이야. 정복만 회장. 그러니까 가서 혹시라도 회장 눈에 띄지 않게 조심하란 말이다. 그 노인네가 눈치도 빠르고 인재 보는 눈이 귀신같이 정확해서 혹시라도 눈에 띄었다가 귀찮은 일이 벌어질 수도 있으니까."

"에이, 그러면 저는 당당하게 아버지 이름을 댈 겁니다. 제가 있어야 할 곳은 아버지 곁이라고요."

영웅의 말에 강백현이 멍한 표정으로 바라보았고 그 표정은 순식간에 애정이 듬뿍 담긴 표정으로 바뀌었다.

강백현은 영웅을 와락 껴안으며 자신의 얼굴로 영웅의 얼굴을 마구 비볐다.

"아이고! 내 새끼! 어쩜 이렇게 이쁜 말만 할까! 하하하하하!"

"아, 아버지."

갑작스러운 동작에 당황하며 떼어 내려 했지만, 더욱더 힘을 주어 꼭 껴안는 아버지를 차마 외면할 수는 없었다.

또한, 아주 생생하게 느껴지는 아버지의 따뜻한 온기가 영웅을 가만히 있게 한 이유였다.

잠시 후, 영웅을 떼어 낸 강백현이 입가에 기분 좋은 미소를 지으며 손을 꼭 잡고 말했다.

"이 아빠는 널 믿는다."

그 말에 영웅이 고개를 끄덕이며 답했다.

"네! 그러셔도 됩니다!"

"하하하! 우리 아들! 배고프지? 어서 밥 먹으러 가자!"

"네!"

백산 그룹.

재계 순위 5위 기업이며 현재 한국에서 가장 빠른 속도로 그 규모를 키워 나가는 기업이었다.

가드륨을 금속과 융합하는 기술을 최초로 개발한 기업이었으며 그것으로 철강 쪽 지분을 빠르게 흡수해 가고 있었다.

다만, 그 외에 다른 쪽에서는 이렇다 할 실적이 나오지 않아 철강 빼면 아무것도 없는 회사로 각인되어 가고 있었다. 이것을 원치 않았던 백산 그룹의 총회장인 정복만은 공격적으로 다른 사업을 밀어붙이고 있었다.

"인재가 없어! 인재가!"

백산 그룹 회장실에서 연신 고성이 터져 나오고 있었다.

회장실에 모인 중역들은 이마에 식은땀을 흘리며 회장 정복만의 눈치를 살피고 있었다.

"말 좀 해 봐! 꿀 먹은 벙어리야? 엉?"

정복만의 고함에 다들 움찔하며 더욱 고개를 숙일 뿐 입을 여는 이는 한 명도 없었다.

그런 그들의 모습이 답답했는지 다시 한소리를 하려는데 누군가가 조용히 손을 들었다.

"어, 그래. 유 이사. 말해 봐."

유 이사라 불린 남자가 회장의 허락이 떨어지자 조심스럽게 고개를 들며 입을 열었다.

"그, 그렇지 않아도 그 부분을 조금이라도 해결하기 위해 올해부터 우리 기업도 인턴 실습을 신청해 두었습니다."

"아, 대학생들이 직접 회사에 와서 경험하고 가는 그것 말인가?"

"그, 그렇습니다. 다른 기업에선 이것으로 쓸 만한 인재를 먼저 선점하는 데 사용하고 있다고 합니다. 저희도 이 프로그램을 적극적으로 활용하면 부족한 인재를 채우는 데 어느 정도 도움이 되지 않을까 생각이 됩니다."

유 이사의 말에 회장의 표정이 살짝 누그러졌다.

하지만 탐탁지 않은 표정으로 말했다.

"그건 우리 쪽에 배정되는 학생들이 누구냐에 따라 달라지는 거 아냐? 그런 막연한 희망 말고 확실한 인재를 육성할 계획을 세워 오란 말이야!"

정복만 회장은 연신 책상을 두드리며 임원들을 다그쳤다.

그 후로도 대략 1시간 정도 잔소리가 이어지고 나서야 겨우겨우 회장실을 빠져나가는 임원들이었다.

임원들이 모두 빠져나가자 정복만 회장이 담배를 입에 물고 불을 붙이며 옆에 있는 비서실장에게 말했다.

"에잉! 저것들 전부 물갈이 한번 해야 하지 않을까?"

정복만의 말에 비서실장이 웃으며 답했다.

"인재라는 것이 그렇게 쉽게 얻어지는 것이면 이 나라에 대기업 아닌 곳이 없겠지요. 쉽지 않기에 인재 아니겠습니까. 노력한다고 내려지는 것이 아니니 그만 고정하시지요."

비서실장은 정복만 회장과 친구였다.

국민학교 때부터 항상 같이 붙어 다녔고 중학교, 고등학교

심지어 대학교까지 같이 다닐 정도로 친한 사이였다.

정복만의 유일한 친구기도 했다.

"둘이 있을 때는 말 편하게 하라니까. 말 참 더럽게 안 들어."

"하하하. 누누이 말씀드리지 않습니까. 공과 사는 철저하게 구분하셔야 한다고요. 그런 작은 틈이 벌어져 나중에 커다란 문제가 되는 것입니다, 회장님."

"됐어! 어휴, 그놈의 잔소리는 수십 년이 지나도 사라지질 않는구면."

전부 자신을 생각해서 하는 소리라는 것을 알기에 그냥 우스갯소리로 넘어가는 정복만이었다.

"그나저나 하준이 놈도 인턴 실습할 때 되지 않았어?"

"안 그래도 회사로 실습 오기로 되어 있습니다."

"쯧쯧, 그놈도 크게 될 놈은 아니야. 제 아비를 닮아서 매사에 충동적이야."

"그래도 사장님께서 잘하고 계시지 않습니까."

"흥! 그 정도는 당연히 해야 하지. 내가 말하는 것은 무언가 발전이 없다는 거야. 이번에 올 때 데리고 오는 친구들을 보고 나서 그놈을 어찌 써야 할 것인지를 정해야겠어."

정복만의 말에 비서실장이 웃으며 물었다.

"하준이가 사귀는 친구를 보고 판단을 내리시려는 것입니까?"

"그렇지. 그 사람을 정확하게 판단하려면 그 주변을 먼저 보라고 했어. 하준이 녀석이 쓸데없는 짓을 하지 않고 다녔다면 쓸 만한 놈들 몇은 사귀었겠지. 그놈들도 분명히 같이 올 테고."

"어찌 같이 올 것이라 장담을 하십니까?"

"이 사람아. 우리가 재계 서열 5위야! 재계 서열 5위에서 인턴 실습을 할 수 있는 기회가 있는데 자네 같으면 안 따라올 텐가?"

회장의 말에 비서실장이 고개를 끄덕이며 맞장구를 쳐 주었다.

"아무렴 와야죠! 무슨 수를 써서라도 와야죠!"

"거봐! 그리고 하준이 녀석은 분명히 제 친구들을 꾀어서 데리고 올 놈이고. 어떤 놈들이랑 어울리고 있는지 이번에 잘 봐 두어야겠어. 쓸모없는 놈들이랑 어울리고 있다면 그놈에게 이 회사에서 있을 자리는 없을 테니."

백산 그룹에서 이런 이야기가 오가고 있을 무렵 서울 어느 한 카페에 영웅은 정하준과 이시우를 만나고 있었다.

오싹-!

정하준이 갑자기 자신의 팔을 마구 비벼 댔다.

"왜 그래?"

"어우 씨! 감기인가? 갑자기 오한이 들어서."

"여기가 좀 추운가 보다."

"됐고! 다들 허락은 받고 왔냐?"

정하준의 말에 이시우의 표정이 급격하게 굳었고 이내 고개를 절레절레 저으며 말했다.

"난 안 될 듯. 어휴, 내가 말 꺼냈다가 두 시간 동안 잔소리 폭격 받고 나왔다. 다른 곳도 아니고 경쟁 기업에 인턴 실습을 들어가는 게 말이나 되는 소리냐고."

"그, 그러냐."

"그래, 하마터면 맞을 뻔했다니까? 우리 할아버지 성격 알지? 너희 할아버지 성격 못지않으신 거. 하아, 들어가면 할아버지랑 또 면담해야 한다. 내일 귀에 피날 듯."

생각만 해도 목이 타는지 앞에 있는 아이스커피를 쪽쪽 빨아 먹는 이시우에게 정하준이 말했다.

"미, 미안, 괜히 나 때문에 너만 혼났구나."

"괜찮아. 나도 너희랑 같이 있고 싶어서 용기를 내서 말한 건데 뭘. 정말 하기 싫었으면 내가 나서서 거부했을 거야. 신경 쓰지 마."

"고맙다."

정하준은 이시우에게서 눈을 돌려 영웅을 바라보았다.

"너도?"

4장

정하준이 애처로운 표정으로 물어 오자 영웅이 피식 웃으며 입을 열었다.

"나는 허락받았다. 물론, 절대로 너희 회사에 입사하지 않는 조건이 붙었지만."

허락을 받았다는 영웅의 말에 정하준의 입가에 환한 미소가 걸리기 시작했다.

"정말? 정말이지? 다행이다. 그 지겨운 인턴 실습을 친구랑 같이할 수 있어서 정말 다행이야."

영웅이 함께한다는 말에 행복한 표정을 짓던 정하준은 이내 우울한 표정으로 앉아 있는 이시우를 보고는 재빨리 표정 정리를 하고 물었다.

"흠, 시우 너는 지엘 그룹으로 가냐?"

"응. 아마도 그럴 듯. 말이 좋아 실습이지⋯⋯. 사실상 그 부서에 나를 앉히겠다는 소리지."

이시우의 말에 정하준도 이해가 된다는 표정으로 고개를 끄덕이며 대답했다.

"하긴, 나도 이번에 아주 대놓고 지켜보겠다는 신호를 팍 팍 보내고 있더라."

"신호?"

"응. 입사하면 내가 하는 모든 것이 전부 할아버지한테 보고 올라간다고, 잘하라고 아버지가 신신당부하시더라."

"너희 할아버지 엄청 무섭잖아."

"무섭지⋯⋯. 이번에 할아버지한테 좋은 모습 보여 드리지 못하면⋯⋯ 나 집에서 쫓겨날 수도 있다."

"그래서 우리를 그렇게 데려가려고 한 거냐?"

"응, 너희는 공부 잘하니까 너희라도 데려가면 나를 좀 좋게 보실지도 모르잖아."

정하준의 말에 이시우는 공감한다는 표정으로 바라보았다.

자신도 그런 부담감을 항상 안고 있기에 정하준의 지금 심정을 누구보다 잘 알았다.

"잘되겠지. 그래도 우리 학교 수석인 영웅이 같이 가니까."

정하준이 영웅을 바라보며 너만 믿겠다는 눈빛으로 환하게 웃었다.

앞에 강이 유유히 흐르고 주변에는 절경이 뛰어난 한적한 장소에 절경과 어우러지는 멋들어진 별장이 자리하고 있었다.

그 별장에는 한적한 주변 분위기와는 달리 떠들썩한 웃음소리가 끊임없이 들려왔다.

"하하하! 이 사람들, 이러지 않아도 된다니까 그러는군."

가운데서 연신 즐거워하며 웃음을 짓는 남자.

바로 천지회주 독고영재였다.

행방불명이 되었다가 영웅의 도움으로 다시 현세로 돌아왔지만, 영웅을 돕겠다고 다시 조선 시대로 넘어가 생활했기에 인제야 정식으로 귀환했음을 세상에 말한 것이다.

그런 그를 환영하기 위해 각계각층의 유명 인사들이 모두 모였다.

천지회주의 환영 파티를 주최한 곳은 바로 한국의 기업들을 대표하고 있는 대기업의 수장들이었다.

천지회는 한국을 대표하는 각성자 단체였고 규모도 세계에서 알아줄 정도로 큰 곳이었다. 규모뿐만 아니라 다른 곳에서는 한 명도 보유하기 힘든 수많은 SS급 각성자들이 천지회에 충성을 다하고 있었다. 그곳의 수장인 천지회주는 대통령보다 더한 힘을 가진 권력자였다.

밝혀지진 않았지만 천지회주는 세계에서 세 명밖에 없다는 레전드급 각성자라는 소문이 돌고 있었다.

그의 등급이 밝혀지지 않은 이유는 천지회라는 단체 자체가 원래 그런 곳이었기 때문이다.

각성자라는 능력이 나오기 오래전부터 이들의 수장은 자신의 힘을 자제하고 숨겨 왔다.

언제나 자신을 낮추어 자만에 빠지지 말라는 초대 천지회주의 유지였다. 그것이 지금까지 이어져 내려왔고 현 천지회주 역시 각성자가 되었음에도 자신의 등급을 세상에 알리지 않았다.

하지만 사람들은 알고 있었다.

천지회가 있는 한 외세가 함부로 한국을 침범하지 못할 거라는 것을. 그 믿음의 중심에는 천지회주가 있었다.

당연히 한국에서 활동하는 기업들은 천지회의 눈치를 봐야 했다.

그들의 심기를 거스르면 한국에서 기업 활동을 하기도 힘들었기에, 이렇게 내로라하는 굴지의 재벌 기업의 수장들이 앞다투어 달려와 환영회를 하고 있는 것이다.

"무사 귀환을 축하드립니다."

"오오! 백산의 정 회장이 아니시오. 하하! 고맙소. 회사 일도 바쁘신 분이 저 같은 촌로 때문에 이리 오시지 않아도 되는데."

"무, 무슨 말씀입니까? 회주님이 무사히 돌아오셨는데 당연히 와야지요."

"하하. 아무튼, 고맙소."

그곳에는 백산 그룹 회장 정복만 역시 자리하고 있었다. 연신 환한 미소를 지으며 천지회주의 곁을 따라다니고 있었다.

사실 백산 그룹 입장에서는 다른 기업과는 달리 천지회가 중요했다. 소속 각성자들이 가장 부족하고 약한 그룹이 바로 백산 그룹이었다.

그런 백산 그룹을 위기에서 건져 내 주고 도움을 준 곳이 바로 천지회였고, 그 후로 백산 그룹 일가는 천지회의 가신을 자처하며 이렇게 행동하고 있었다.

천지회 역시 자신들을 따르는 아군이 많으면 좋은 일이었기에 딱히 제재하거나 하지 않았다. 그러다 보니 자연스럽게 한 가족이나 다름없는 형세가 되어 있었다.

밤늦게까지 진행된 파티를 끝내고 집으로 돌아가는 백산 그룹 정복만 회장은 기분 좋은 미소를 지으며 즐거워하고 있었다.

"그리 즐거우십니까?"

"당연하지. 회주께서 행방불명이 되셨다 했을 때 얼마나 조마조마했는지. 어휴."

"그래도 다행입니다."

"그렇지. 가뜩이나 회사의 미래가 정해질 중요한 시기인데 천지회의 도움을 못 받는다면……. 생각만 해도 끔찍했어."

정복만이 안도의 한숨을 쉬며 이마에 땀을 닦는 시늉을 하자 비서실장이 푸근한 미소를 지으며 바라보았다.

"그나저나 의외였어. 각성자 협회장이랑 레드 그룹 천민우가 찾아올 줄 몰랐는데."

"아! 저도 봤습니다. 전에는 그들의 사이가 그리 좋지 않아 보였는데 오늘 보니 그것도 아닌 것 같았습니다."

"아니야. 협회장과 레드 그룹의 회장이 의형제라는 것은 세상 사람들이 다 알고 있는 사실 아닌가. 천지회에선 그것을 탐탁지 않게 여긴 것도 사실이고. 알게 모르게 뒷세계에서 활약하던 레드 그룹을 눈감아 준 것도 협회였으니, 정도를 표방하는 천지회와 사이가 좋을 리가 없지."

"하지만 오늘 모습은 절친을 반기는 표정이었습니다. 다들 그 모습에 놀라지 않았습니까."

"그러니까 나도 엄청나게 놀랐지. 뭘까? 갑자기 그들이 그렇게 친해진 계기가."

"천지회주의 귀환에 협회가 많은 도움을 주었다는 소문이 있습니다. 그것이 아닐까요? 자신을 무사히 돌아오게 해 준

고마움에 그동안의 악감정을 훌훌 털어 버린 것은 아닐지."

"흠, 자네 말이 가장 설득력이 있군."

비서실장의 말에 정복만이 자신의 수염을 쓰다듬으며 생각에 잠겼다.

그리고 다시 입을 열었다.

"뭐가 되었든 그들의 사이가 좋아진 것은 우리에게 득이 되면 되었지, 해가 되진 않을 것 같다. 이제 월홀에 들어갈 각성자 수요를 확보했으니 다시 공격적으로 사업을 진행해도 되겠어. 준비해 줘."

"알겠습니다. 각 계열의 사장님들을 소집하겠습니다."

"그리고 하준이 녀석 말이야."

"하준이 도련님이요? 왜 그러시죠?"

"아무리 생각해도 다른 곳으로 돌려야겠어. 그 녀석 정체 숨기고 협력 업체로 돌려 버려."

"진심이십니까?"

"응. 자기 집 안방에서 능력 발휘하는 것은 역량이 아니지. 생판 모르는 곳에서 능력을 발휘해야 진짜지. 그리고 그놈이 데리고 온다는 친구 놈도 같이 보내고. 우리 회사 입사를 노리고 하준이에게 붙은 것인지 확인도 할 겸 내 말대로 진행해."

"네? 회, 회장님. 그냥 인턴 실습입니다. 수업의 연장일 뿐입니다."

"수업의 연장이라고 생각해선 안 되지! 어딜 가서든 자신의 능력을 발휘해야 진짜 아닌가! 잔말 말고 진행해."

"하지만……. 협력 업체에 가서 자기 정체를 밝히면 끝이 아닙니까?"

"그러지 못하도록 확실하게 말해 놔. 네 정체가 발각되면 그땐 끝이라고."

"알겠습니다."

"미안하다."

"뭐가?"

"하아. 설마하니 할아버지가 이런 곳으로 날 보낼 줄은 몰랐다."

미소실업이라는 간판이 달려 있는 건물 입구 앞에서 정하준은 영웅에게 정말로 미안한 표정을 지었다.

무엇 때문에 미안해하는지 짐작이 갔던 영웅은 피식 웃으며 정하준의 등을 치며 말했다.

"그렇게 미안하면 밥 사든가. 맛있는 거 사 주면 용서해 주지."

"지, 진짜? 괜찮아? 이런 데도?"

"이런 데라니? 여기가 어때서? 이런 회사들이 뒤에서 받쳐 주니까 대기업이 존재하는 거야. 무슨 소릴 하고 있어? 그리고 우리가 여기에 입사를 하는 것도 아니잖아. 단지 현장 실습을 나온 것뿐이야. 헛소리 말고 어서 들어가자."

오히려 자신을 위로하는 영웅을 보며 살짝 미소 지은 하준은 그를 따라 안으로 들어갔다.

그래도 손자라고 어느 정도 규모가 있는 곳으로 배정해 주었는지 나름대로 구색은 전부 갖추고 있었다.

"어떻게 오셨습니까?"

"오늘부터 이곳에서 인턴 실습을 하기로 했습니다."

"아! 인턴 실습생이군요. 저기 엘리베이터를 타고 5층으로 올라가시면 됩니다."

"감사합니다."

로비 앞에 서 있던 보안 요원의 안내를 받고 5층으로 올라가니 강당 같은 곳이 나왔다.

그곳에는 먼저 도착한 실습생들이 자리 잡고 있었다.

문 앞에는 '인턴 실습생을 환영합니다.'라는 문구가 적혀 있었다.

"여긴가 보다."

"그래도 생각보다 규모가 있는 회사네."

"지가 커 봤자지. 오래 있고 싶은 마음이 조금도 들지 않는 회사야."

자신을 이곳을 보낸 원망이 마음속에 남아 있던 정하준의 입에선 이 회사에 대해 고운 말이 나오지 않고 있었다.

이렇게라도 불만을 토해 내야 마음이 좀 풀릴 것 같아서 연신 투덜대고 있었다.

문제는 그곳에 있던 담당자가 그 말을 들었다는 것이다.

담당자는 정하준의 말을 듣고 인상이 일그러졌다.

"이곳이 마음에 안 들면 들어온 엘리베이터를 타고 그대로 다시 돌아가시면 됩니다."

갑작스럽게 들려오는 목소리에 깜짝 놀라며 소리가 난 곳을 바라보니, 은테 안경을 쓴 마른 체형의 남자가 정하준을 째려보고 있었다.

정하준은 재빨리 사과했다.

"죄, 죄송합니다. 제가 오늘 좀 안 좋은 일이 있어서…….
시정하겠습니다."

"시정 안 하셔도 됩니다. 안 가실 겁니까?"

"죄송합니다."

정하준의 사과에도 남자의 표정은 변함이 없었다.

그러면서 정하준의 가슴에 달린 명패를 보고는 입을 열었다.

"정하준 씨? 앞으로 지켜보도록 하지요. 정하준 씨 학점은 제 손에 달려 있다는 점을 염두에 두시길 바랍니다."

싸늘하게 말을 하고는 강당으로 성큼성큼 걸어가는 남자.
정하준은 몸을 부들부들 떨면서 그를 노려보았다.

하지만 지금은 참아야 했다.

여기서 사고를 치면 할아버지가 절대로 자신을 가만두지 않을 것이 분명했기 때문이었다.

인상을 찡그리며 방금 자신에게 경고하고 간 남자를 노려보고 있는데 영웅이 그의 어깨에 손을 올리며 말했다.

"표정 풀어. 네가 잘못했어."

영웅의 말에 그제야 정하준의 표정이 풀렸다.

"그, 그렇지? 내가 잠시 흥분했나 보다."

다른 이도 아니고 영웅의 말이다.

이상하게 영웅이 하는 말은 듣게 되는 마력이 있었다.

"너는 그게 문제야. 가끔 보면 남들을 네 아래로 보는 경향이 있어. 그 버릇 고쳐라."

영웅의 말에 정하준은 화들짝 놀란 표정으로 영웅을 바라보며 다급하게 물었다.

"내, 내가? 정말로 그랬어? 설마 너, 너희한테도?"

"응. 물론, 나나 시우에겐 그런 적이 없지만, 우리가 아닌 다른 이들에겐 한 번씩 그랬어."

영웅과 시우에겐 그런 적이 없다는 말에 안도의 한숨을 쉬면서 동시에 침울한 표정으로 고개를 푹 숙이며 말했다.

"그런 버릇이 있으면 진작에 좀 말해서 버릇 좀 고쳐 주지. 나는 최대한 평범하게 움직인다고 생각했는데. 이제 나 어쩌냐? 아무래도 단단히 찍힌 거 같은데."

"걱정하지 마라. 내가 옆에 있잖냐. 우리 둘이 힘을 합치면 이런 일 하나 극복 못 하겠냐."

자신을 보면서 씨익 웃는 영웅을 보니, 불안했던 마음이 누그러지는 정하준이었다.

"고맙다. 정말 너랑 오길 잘한 거 같아."

"고맙긴. 친구끼리 그런 거 없어, 인마. 정신 차리고, 들어가자."

"응! 좋았어!"

정하준은 언제 그랬냐는 듯이 주먹을 불끈 쥐고 파이팅을 외치며 강당으로 발걸음을 옮겼다.

영웅과 함께 강당에 자리를 잡고 앉자 얼마 지나지 않아 정하준을 쏘아붙였던 남자가 다시 모습을 드러내더니 마이크를 들고는 인사를 했다.

"안녕하십니까. 인턴 실습을 나오신 여러분을 저희 미소실업에서 환영하는 바입니다. 부디 이곳에서 좋은 경험을 많이 하셔서 훗날 사회생활을 하는 데 작은 도움이 되기를 바랍니다."

아까 싸늘하게 말할 때와는 달리, 중저음의 목소리에 동네 형 같은 친근한 말투로 듣는 사람이 기분을 편하게 해 주었다.

"저는 미소실업의 영업3부 부장을 맡은 김철민이라고 합니다. 인턴 실습을 나오신 여러분들을 제일 먼저 맡게 되었습니다. 비록 길지 않은 시간이겠지만 앞으로 잘 부탁드리겠습니다."

정중하게 인사를 하며 다시 이야기를 이어 나갔다.

"자, 이제 인턴 실습 여러분들을 위한 오리엔테이션을 시작하겠습니다. 먼저 우리 회사와 여러분들이 재학 중인 대학교 간의 계약 내용을 말씀드리자면, 일단 1학기 정도를 우리 회사에 출퇴근하셔야 합니다. 말이 한 학기지 대략 9주 정도 되는 기간이겠군요. 보통은 3주나 5주 정도에서 끝내는데 그 정도 기간으로는 배움에 한계가 있다고 생각을 하셨는지 연장을 요청하셨습니다."

김철민 부장은 강당을 둘러보며 그곳에 있는 인턴 실습생들과 눈을 맞추며 아주 친절하게 설명을 이어 갔다.

"기간이 길어졌다고 해도 정식 직원이 아니기에 배워 갈수 있는 것에는 한계가 있을 것입니다. 하지만 그래도 그 배움이 작지는 않으리라고 생각합니다. 회사를 들어가기 전에 미리 체험하고 들어간 자와 아닌 자의 차이는 확실하니까요. 그래도 최대한 여러분께 많은 것을 가르쳐 드리기 위해 노력할 예정이니 절 믿고 따라와 주시기 바랍니다."

그 후로도 회사에 관한 내용과 앞으로 학생들이 하게 될일들에 대해 짧게 이야기를 했다.

오리엔테이션이 끝나고 사람들을 데리고 각 부서를 돌기 시작한 김철민 부장이었다.

그러고는 들르는 부서마다 인턴 실습을 나온 학생들을 배분했다.

　모든 부서를 다 돌고 남은 부서는 바로 김철민 부장이 담당하는 영업3부였다.

　"둘은 오늘부터 제가 있는 이곳 영업3부에서 실습을 진행할 것입니다."

　영웅과 정하준을 바라보며 말을 하고는 근처에 있는 누군가를 불렀다.

　"김영준 대리님."

　"네! 부장님!"

　서글서글한 표정을 가진 남자가 재빠르게 달려 나왔다.

　"이 두 사람 교육 좀 해 주시고 앞으로 해야 할 일들 간략하게 전달해 주세요."

　"네! 알겠습니다!"

　"따라가 보세요. 아까도 말했지만 지켜볼 것입니다."

　"네……."

　김철민 부장의 말에 정하준이 기어들어 가는 목소리로 대답하며 고개를 숙였고, 김철민 부장은 그런 정하준을 쏘아보고는 뒤돌아 제 갈 길을 가기 시작했다.

　밖으로 나오자마자 김영준 대리가 정하준에게 웃으며 말했다.

　"반가워요. 말 편하게 해도 되겠죠?"

"네, 그럼요! 얼마든지 편하게 하셔도 됩니다."

"하하하. 고마워. 그런데 보니까 부장님 표정이 안 좋으시던데. 무슨 일 있었어?"

김 대리의 물음에 정하준이 한숨을 쉬면서 자초지종을 이야기했다.

"하하하하! 재수도 없군. 우리 부장님 회사에 대한 충성심이 엄청난 분이신데 그 앞에서 회사 뒷담화를 했으니 화내실 만도 하지."

"앞에서 한 건 아니고……. 그냥 저도 모르게 나온 혼잣말이었습니다."

"어쨌거나 들은 사람이 있고 그 사람이 기분이 나빴으면 혼잣말이 아니지. 왜 이 회사가 맘에 안 들어? 나름대로 규모도 있고 대기업에 꾸준히 납품하는 우수 업체인데?"

"아닙니다! 맘에 안 드는 것이 아니고 오늘 기분 나쁜 일이 있었는데 그냥 화풀이할 대상이 없어서 저도 모르게 그만 회사를 대상으로 화풀이한 것 같습니다. 죄송합니다."

"아항! 그래. 누구나 실수는 하는 법이지. 사회생활을 하면서 가장 조심해야 할 것이 바로 그 입이야. 입은 모든 재앙의 시작이니 항상 조심하고 또 조심해야 해."

정말로 진심 가득한 표정으로 자신들에게 조언해 주는 김 대리를 보면서 둘은 자신들도 모르게 웃었다.

"감사합니다. 항상 마음속에 간직하고 지키도록 하겠습

니다."

"하하, 이거 참 쑥스럽네. 부장님은 걱정하지 마. 우리 부
장님 사람 좋기로 유명하시니까. 시간이 지나서 화가 풀리시
면 너희에게도 잘 대해 주실 거야. 물론, 너희가 그만큼 노력
을 해야겠지?"

"알겠습니다!"

"좋았어! 대답이 시원해서 맘에 든다! 그럼 너희가 해야
할 일을 정해 주지!"

"네!"

달그락- 달그락-!

정하준이 커피 잔을 티스푼으로 마구 휘젓고 있었다.

그 모습에 옆에 있던 영웅이 한마디 했다.

"야, 그만 저어. 커피 잔에 구멍 나겠다."

땡그랑-!

영웅의 말에 정하준이 씩씩거리며 티스푼을 내팽개치고
말했다.

"야! 이게 말이 되는 소리냐? 응? 커피라니. 내가 여기서
왜 커피를 타고 있는 거야!"

"그게 할 일이라잖아."

"이게? 아니 이게 무슨 할 일이야! 이런 건 본인들이 직접 타서 마셔도 되는 거잖아!"

"우리가 아직 일을 모르니까 이런 잡다한 일이라도 시키나 보지."

"너는 성격도 좋다. 이런 대우를 받으면서도 웃으며 넘기고."

"그럼 우냐? 그만 징징거리고 어서 마저 타."

"우씨!"

달그락- 달그락-!

입이 댓 발은 나온 채로 다시 커피를 타기 시작하는 정하준이었다.

김 대리가 그들에게 처음으로 시킨 업무는 바로 커피를 타는 일이었다.

커피를 타서 쟁반에 올리고 문을 열어 밖으로 나가는데 누군가가 자신들을 부르는 소리가 들렸다.

"야! 거기!"

예의라고는 조금도 보이지 않는 말투로 커피를 들고 나오는 영웅과 정하준을 부르는 목소리.

정하준이 어이가 없어서 소리가 들린 쪽을 바라보았는데, 자신과 비슷한 또래로 보이는 남자가 건들거리면서 걸어오고 있었다.

"뭐냐? 니들은? 처음 보는데?"

그러면서 하준과 영웅이 열심히 탄 커피를 자기 멋대로 들더니 입으로 가져가는 것이다.

"아, 안 돼!"

"안 돼? 하하하. 말이 짧네?"

정하준의 '안 돼' 소리에 기분이 상했는지 입으로 가져가던 커피를 바닥에 쏟아붓는 남자였다.

"이런, 흘려 버렸네? 뭐 하나? 바닥 안 닦고? 너 때문에 놀라서 흘렸잖아."

능글거리는 표정으로 정하준을 바라보며 약 올리고 있었다.

그 모습에 화가 난 정하준이 소리쳤다.

"야! 너 뭐 하는 놈이야!"

"하하하. 와! 너 완전 개념 없구나? 내가 누군지 알고 그렇게 막 나오냐?"

"네가 누군데!"

"나? 여기 오너 아들. 그러는 니들은 뭔데?"

오너 아들이라는 소리에 영웅과 정하준이 서로를 바라보았다.

"니들 뭐냐고!"

남자의 고성이 사무실 안까지 들렸는지 사람들이 몰려나왔다.

그중에는 영업3부의 부장인 김철민 부장이 섞여 있었다.

김철민 부장이 다급하게 달려오더니 고개를 숙이며 인사를 하고는 물었다.

　"무, 무슨 일이십니까? 실장님."

　"아, 김 부장? 아니 이 사람들 누구예요? 김 부장님이 아는 사람들입니까?"

　"네? 네! 며칠 전부터 인턴 실습을 나온 학생들입니다."

　"아항! 인턴 실습. 그래서 이렇게들 개념이 없었구나."

　누가 누구에게 개념이 없다고 말하는 것인가.

　어이가 없는 표정으로 방금 말하는 남자를 바라보는 정하준. 그 눈빛에 다시 기분이 나빠졌는지 남자가 버럭 화를 냈다.

　"저 봐! 저 봐! 내가 누군지 분명히 말을 해 주었는데도 눈빛이 저 모양이라니까? 엉?"

　"실장님, 진정하십시오. 아직 사회생활에 대해 모르는 아이들입니다."

　"김 부장님은 지금 저놈들 편드는 겁니까?"

　"편이라니요. 당치도 않습니다. 그저 상황을 설명해 드린 것뿐입니다."

　"요새 아버지에게 이쁨 좀 받더니 아주 많이 당당해지셨습니다? 그 당당함이 언제까지 갈까요? 네?"

　"죄송합니다."

　"눈치 챙겨요. 아시겠습니까?"

"네! 알겠습니다."

안하무인 그 자체였다.

정하준은 그 모습을 보며 부들부들 떨고 있었다.

그것을 두려움 때문이라고 생각했는지 다시 기분 좋은 미소를 지으며 정하준의 어깨를 툭툭 건드리며 말했다.

"이제야 좀 두려워? 다음부터는 내가 부르면 재깍재깍 대답해라. 앞으로 너 인턴 생활은 내가 아주 즐겁게 해 줄게."

그러고는 정하준의 머리를 툭툭 치고 김 부장을 한 번 더 노려보고는 제 갈 길을 가는 남자였다.

남자가 사라지고 나서야 다들 한숨을 쉬고는 정하준과 영웅을 노려보며 한 소리씩 하기 시작했다.

"야! 니들이 정신이 있어? 없어? 회사 내에서 누가 되었든 꼬박꼬박 인사하라고 했어? 안 했어?"

김 대리가 빨개진 얼굴로 막 삿대질을 하면서 화를 내기 시작했다.

"제정신이야? 엉? 저분이 어떤 분인 줄 알아? 우리 회사 사장님의 하나뿐인 아들이라고! 너 때문에 우리 전부 찍혔는데 이거 어찌할 거야? 어?"

자신이 있는 부서가 사장 아들에게 완전히 찍힌 것처럼 보이자 본성이 튀어나온 것이다.

그런 김 대리를 말린 것은 김철민 부장이었다.

"그만 하세요. 나이도 비슷하니 같은 실습생으로 본 것 같은데 맞습니까?"

김 부장의 말에 부들거리며 떠는 정하준을 대신해서 영웅이 대답했다.

"그렇습니다. 저희와 비슷한 나이대로 보였고 보자마자 반말을 해서 같은 실습생으로 착각했습니다."

영웅의 말에 그럴 줄 알았다는 표정으로 오히려 웃으며 그들을 달래 주는 부장이었다.

"그럴 수 있습니다. 그래도 앞으로는 조심하세요. 사회에서는 눈에 보이는 것이 전부가 아닙니다. 아시겠습니까?"

"네? 네."

"놀라셨을 테니 오늘은 이만 가 보세요."

"네? 벌써요?"

영웅의 물음에 김 부장이 정하준을 가리키며 말했다.

"정하준 씨 상태가 안 좋아 보이는군요. 아마도 충격이 심했던 모양입니다. 어서 데리고 가서 잘 토닥여 주시고 집에 보내세요."

김 부장의 말에 정하준을 보니 얼굴이 벌게진 것이 폭발하기 일보 직전으로 보였다.

이대로 두었다간 정말로 폭발할 것처럼 보였기에 재빨리 김 부장에게 인사를 하고는 정하준을 데리고 나왔다.

둘이 사라지자 김 대리가 씩씩거리면서 부장에게 말했다.

"아니, 저놈들 때문에 우리가 피해를 보게 생겼는데 어쩌시려고 그냥 보내십니까?"

"그럼 어쩌자고요? 가서 무릎이라도 꿇릴까요?"

"그렇게라도 해서 실장님의 기분이 풀린다면 다행 아니겠습니까?"

"김 대리, 당신 상사는 접니다. 윤 실장이 아니라."

김 부장이 매서운 눈빛으로 바라보자 그제야 사태를 파악했는지 고개를 푹 숙이며 용서를 빌었다.

"죄, 죄송합니다. 워낙 큰일이라 제가 잠시 정신이 나갔었나 봅니다. 부장님."

"두고 보겠습니다."

싸늘한 표정으로 뒤를 돌아 다시 자신의 방으로 들어가는 김 부장을 보며 이를 가는 김 대리였다.

그리고 그 분노를 내일 출근한 두 사람에게 풀겠다고 다짐하며 자신의 책상으로 발걸음을 옮기는 김 대리였다.

한편, 밖으로 나온 영웅은 정하준에게 물었다.

"너 왜 그래?"

영웅의 말에 정하준이 깊은 한숨을 쉬면서 말했다.

"하아아! 나 오늘 정말 많은 것을 깨달았다."

"뭘를?"

"갑질이라는 것이 얼마나 사람 열받게 하는 것인지 말이야."

정하준은 오늘 일을 계기로 자신을 되돌아보는 반성의 시간을 가졌다.

"아까 그놈을 보니까 내가 애들한테 하던 짓들이 생각나더라고. 어찌나 창피하고 미안하던지."

"아냐. 너는 저 정도까진 아니었어."

"나도 알아. 내가 진짜로 화가 난 이유는 따로 있어."

"뭔데?"

"저런 놈들 때문에 우리 같은 재벌 2세 3세의 이미지가 바닥을 치는 거야! 그게 더 열받는다고! 저런 놈들 때문에 나까지 싸잡혀서 욕을 먹는 거."

"진정해라. 그나저나 오늘 부장한테 감동했다. 그 와중에 우리를 감싸더라."

영웅의 말에 정하준은 첫날 그와 부딪쳤던 일이 생각이 났는지 다시 고개를 푹 숙였다.

"하아, 진짜 좋은 사람이더라. 며칠 동안 지켜보니까 능력도 좋고. 하긴, 그러니까 그 나이에 부장을 달았겠지."

"대기업에서는 왜 저런 사람을 안 데려갔을까?"

"글쎄? 뭔가 문제가 있나? 능력도 있고 사람도 아주 좋던데. 탐나더라."

탐난다면서 입맛을 다시는 정하준을 보며 영웅이 놀림거리가 생겼는지 사악한 표정으로 씨익 미소를 지었다. 그리고 이내 양팔로 가슴을 가리는 시늉을 하며 거리를 벌렸다.

"탐……이 난다고? 너, 너 서, 설마?"

영웅의 그런 행동에 잠시 멍하니 상황을 파악하던 정하준은 왜 영웅이 저런 동작을 하는지 대번에 이해했다.

화들짝 놀라며 손을 매우 세차게 저으면서 소리쳤다.

"아냐! 아냐! 오, 오해야! 이, 인재로서 탐이 난다는 소리야! 인재! 인재라고!"

"정말이야?"

"야! 이 미친놈아! 나 여자 좋아한다고!"

"하하하! 시우에게 빨리 이 소식을 전해야지. 하준이가 남자 취향이라고."

"야! 미친놈아! 하지 마! 야! 그거 당장 내려놔! 진짠 줄 안다고!"

휴대폰을 꺼내 든 영웅을 얼굴이 벌게져서 쫓아가는 정하준이었다.

영웅을 쫓아가는 그의 입가에는 말투와는 달리 미소가 가득했다.

❦

사장 아들과 충돌이 있고 난 뒤에 실습 생활이 힘들어질 것으로 생각했는데, 의외로 별일 없이 평화로운 시간이 지나갔다.

김 대리가 가끔가다 무례하게 행동하며 말도 안 되는 업무를 시키긴 했지만, 그건 그냥 웃으면 넘길 수 있었다.

말도 안 되는 업무였어도 못 할 정도는 아니었고 진상짓을 하면서도 미안했는지 먹을 것을 사 주는 것을 보며 그냥 웃어넘긴 것이다.

그렇게 평화로운 날들이 지나가고 있었다.

그러던 어느 날 그 평화로움이 깨지는 일이 발생한다.

"네? 그걸 왜 저희가 해야 하는데요?"

"하라면 할 것이지 뭐 이렇게 말이 많아?"

"아니, 저희는 이 회사 정식 직원이 아닙니다! 이런 부당한 대우는 인정할 수 없습니다!"

"하! 우리 회사로 실습을 나왔으면 우리 회사 직원이다! 이거 안 되겠네? 너희들, 이 바닥에서 아예 취직을 못 하게 해 줄까? 엉?"

언성을 높이며 싸우는 두 사람은 정하준과 유 이사라 불리는 자였다.

유 이사는 정하준과 영웅을 따로 불러내어 어떤 일을 맡겼는데, 그 일에 관한 이야기를 듣자마자 정하준이 이렇게 들고일어난 것이다.

그 일이라는 것은 다름 아닌 미소실업 사장 외아들의 생일 파티에 지원을 나가라는 것이었다.

"장난하는 것도 아니고 사장 아들 생일 파티에 우리를 보내는 이유가 뭡니까?"

"실장님께서 너희 둘을 콕 집어 이야기하셨다. 좋게 좋게 말할 때 말 들어라."

"이익! 말 안 들으면요? 때리기라도 하시게요?"

"못 할 것도 없지."

정하준의 말에 입가에 비웃음을 가득 보이며 그를 한없이 내려다보는 눈빛으로 저리 말하고 있었다.

순간 정하준은 어이가 없었다.

자신이 누군가.

재계 서열 5위에 백산 그룹 회장의 손자이며 사장의 아들이었다.

상위권도 아니고 말석에 간신히 이름을 올릴까 말까 한 기업의 이사가 할 소리는 아니었다.

만약 지금 유 이사라는 자의 말을 자신의 할아버지가 들었다면 저자는 한국에서 편히 살지 못할 것이며.

유 이사뿐 아니라 미소실업은 한국에서 자취를 감추게 될 것이다.

쫄딱 망해서 말이다.

비록 지금 강하게 키운다고 이리 대하고 있지만, 누구보다도 자신을 사랑하고 아낀다는 것을 잘 알고 있는 정하준이었다.

전부 다 뒤집어엎을까 하다가 이것을 기회로 이곳을 벗어나야겠다는 마음을 먹은 정하준이었다.

그의 눈이 반짝였다. 아주 좋은 생각이 난 것이다.

자신도 이곳을 빠져나가고 이 빌어먹을 놈들에게 빅엿도 날릴 수 있는 방법이 말이다.

일단, 최대한 겁을 먹은 표정으로 유 이사에게 대답했다.

"아, 알겠습니다. 할게요."

"하하하, 진작 그럴 것이지."

정하준이 한다는 말을 꺼내자마자 승리의 미소를 짓더니 자신의 손에 들고 있던 쪽지를 정하준의 손에 쥐여 주는 유 이사였다.

"거기로 4시까지 가 봐. 늦지 마라. 그랬다간 내가 나중에 아주 단단히 혼을 낼 테니."

자기 할 말을 다 했다고 생각했는지 곧바로 뒤돌아서 뚱뚱한 몸으로 힘겹게 걸어가는 유 이사였다.

그런 그를 바라보다가 영웅이 물었다.

"어쩌려고?"

"미안하다. 너까지 이런 일에 휘말리게 해서⋯⋯. 영웅아, 미안하지만 날 좀 도와줄래?"

정하준의 말에 영웅은 미소를 지으며 말했다.

"당연히 도와줘야지. 뭔데? 말해 봐."

그 말에 정하준은 환한 표정을 지으며 영웅에게 자신의 계획을 상세하게 말해 주었다.

"아하! 그러니까 너를 감시하면서 일거수일투족을 보고하는 자들을 이용하자 이거지?"

"그렇지. 내가 거기서 서빙을 하거나 저들에게 모욕을 당하는 것이 할아버지의 귀에 들어가면……."

"난리가 나겠지. 그런데 회장님 귀에 안 들어가면? 아니, 들어갔는데도 안 움직이시면?"

"그땐……. 네가 좀 나서 주면 안 될까?"

사실 살짝 불안한 마음이 있었다.

그래서 보험으로 영웅에게 부탁하는 것이다.

만약, 자신의 할아버지가 나서지 않는다면 영웅이 나서서 정리해 주길 바랐던 것이다.

"하하하. 그래. 알았다. 사실 나도 실장인지 뭔지 맘에 안 들었는데. 너희 할아버지가 안 나서면 내가 확실하게 나서 주지."

"고맙다!"

"고마우면 오늘 저녁은 한우."

"콜!"

⸺

쾅-!

"뭐라고? 지금 뭐라고 지껄였어?"

백산 그룹 회장 정복만이 분노에 찬 목소리로 책상이 부서

지라고 주먹으로 내려치며 벌떡 일어났다.

"도, 도련님께서 미, 미소실업 사장 아들의 생일 파티에 끌려가셨답니다. 거, 거기서 서, 서빙을……."

"이런 X새끼들이! 감히! 그 아이가 누군 줄 알고 그런 일을 시킨단 말이냐!"

와장창-!

"그놈은 왜 그런 병신 같은 행동을 하고 있는 거야!"

정복만의 외침에 비서실장이 정정해 주었다.

"회장님께서 직접 말씀하시지 않았습니까? 정체를 들키면 가만두지 않겠다고요. 잊으셨습니까?"

비서실장의 말에 그제야 자신이 한 말이 기억이 났는지 앓는 소리를 내었다.

"끄응. 아무리 그래도 그런 상황이면 말을 해야지."

"도련님께선 회장님의 말씀을 들은 죄밖에 없습니다."

비서실장의 말에 살짝 무안해진 정복만은 그 분노를 다른 곳으로 돌리기 시작했다.

"그럼 열심히 잘하고 있는 내 새끼를 괴롭힌 원흉을 잡아 족쳐야겠군. 뭐 해? 당장 사람 보내! 아니다! 내가 직접 가겠다!"

"지, 진정하십시오! 회장님!"

"진정? 지금 진정하라고? 귀한 내 새끼가 남의 집 가서 종노릇 하고 있다는데? 어?"

"회장님이 직접 나서시면 그림이 좋지 않습니다. 차라리 직접 불러서 야단을 치시는 것이……."

"그럼 미소실업 사장 당장 불러! 어서!"

"아, 알겠습니다!"

이렇게 정복만이 난리를 치고 있는 그 시각.

영웅과 정하준은 남한강이 한눈에 들어오는 장소에 있는 별장에서 열심히 파티 세팅을 하고 있었다.

그들의 표정은 의외로 평온했다.

"나름 재밌네. 이런 경험을 언제 해 보겠냐."

"하긴, 그러네. 하아. 앞으로 내 사람들에게 정말 잘해 줄 거야. 이렇게 아래에서 열심히 해 주는 사람들이 있으니까 우리 같은 사람들이 존재하는 거지."

"맞는 말이다. 자식, 우리 하준이 인턴 실습 하면서 많이 사람 되네. 이거 하길 잘했네."

"그러게. 사실 큰 기대 안 했는데, 많은 것을 깨닫고 느끼게 되네."

"그 경험이 미래의 너에게 많은 도움이 될 거다."

"이미 많은 도움이 되고 있다."

둘은 수다를 떨며 열심히 세팅했다.

어느덧 해가 지면서 손님들이 하나둘씩 모습을 드러내기 시작했다.

제법 이름 있는 기업의 자제들이 줄지어 입장했다. 그런 그들을 바라보던 영웅은 정하준에게 물었다.

"뭘 그렇게 쳐다보냐? 아는 애들이냐?"

영웅의 질문에 정하준이 고개를 저었다.

"다 모르는 애들이다. 너는 아는 애들 있냐?"

있을 리가 없었다.

영웅에게 친구라곤 정하준과 이시우가 전부였고 아는 재벌 자제도 저 둘이 전부였다.

더군다나 이곳은 자신이 살아온 세상이 아니지 않은가.

"아니. 없지."

"그러면서 물어. 지도 모르면서."

"하긴. 내가 멍청한 질문을 했네."

둘은 영양가 없는 이야기를 하면 끊임없이 들어오는 고급차들을 바라보았다.

누가 보면 부러워서 바라보는 것으로 착각할 것 같은 모습이었는데, 그 착각에 제대로 빠진 사람이 등장했다.

"큭. 야, 저기, 저기 좀 봐라."

"뭔데?"

한 무리가 옹기종기 모여서 영웅과 정하준을 바라보고 있었다.

"아주 신기해 죽으려고 하네."

"그러게. 넋을 놓고 보는구나."

"저런 평민들이 이런 고급 파티를 언제 와 봤겠냐. 당연히 신기하겠지."

영웅과 정하준이 고급 차를 바라보는 이유는 혹시라도 아는 사람이 있을까 싶어서 바라보는 것이었는데 이들은 그 고급 차가 부러워서 바라보는 것이라고 생각했다.

"야야, 내버려 둬라. 쟤들이 언제 저런 차들 구경이나 하겠냐."

"그러지 말고 우리 내기할까?"

"내기?"

"응, 우리가 끌고 온 차 중 하나를 걸고 쟤들이 어찌 행동할지에 대해 내기하자."

"오오! 그거 재밌겠다."

"그게 내기가 되나? 분명히 눈에 불을 켜고 덤벼들걸."

"그래도 해 보자. 재밌잖아."

"야, 그런데 아직 주인공이 오지도 않았는데 우리끼리 이러는 건 좀 아닌 거 같은데?"

"그럼 윤성이 오면 물어보자. 저놈들 윤성이네 회사 직원 같은데 남의 직원들 가지고 놀려면 주인 허락을 받아야겠지."

"그럼! 그럼!"

"아, 그런데 이 자식은 손님을 초대해 놓고 왜 이렇게 안 오는 거야?"

"뭘 그래. 그 자식이 늦는 거 하루 이틀도 아니고, 거기다가 오늘은 자기 생일이니 아주 대놓고 늦게 등장하겠지."

"걔도 참 컨셉 지랄 맞게 잡고 살아."

신나게 떠들고 있는 이들은 자신들이 지금 대화하는 내용을 당사자가 듣고 있을 거라는 것은 상상도 못 하고 있었다.

기분 나쁜 시선이 느껴져서 둘러보다가 우연히 발견한 무리였다.

영웅은 청력을 확대해서 그들의 대화를 들었고 가소로운 듯이 피식 웃었다.

그들이 자신들의 차를 걸고 무언가 내기를 할 모양인 것 같았다. 그것이 영웅의 기분을 상하게 만들었고 영웅은 이 잔치를 악몽으로 바꿔 주겠다고 다짐했다.

하지만 아직 세상에 자신을 알릴 때는 아니었다.

무슨 좋은 방법이 없을까 고민하던 중, 주차장 쪽에 익숙한 얼굴이 등장했다.

바로 자신의 절친인 이시우였다.

영웅은 이곳에 저놈이 웬일이냐는 표정으로 말했다.

"어라? 저거 시우 아냐?"

영웅의 말에 정하준이 화들짝 놀라며 영웅이 가리킨 곳을 바라보았다.

그곳에는 정말로 이시우가 웃음기 하나 없는 표정으로 차에서 내려 천천히 걸어 들어오고 있었다.

"어? 그러네? 쟤가 여길 왜 왔지? 여기 망나니랑 아는 사인가?"

"표정이 별로 좋지 않은데? 억지로 온 그런 기분?"

"그러네? 뭐지?"

지엘 그룹의 도련님이 여기까지 올 일이 뭐가 있단 말인가.

"아씨! 그럼 쟤한테 우리가 서빙을 해야 한다는 소리잖아! 짜증 나게 진짜! 그보다⋯⋯ 쟤가 우리를 알은척하면 어쩌냐? 나 정체 들키면 할아버지가 가만두지 않는다고 했는데⋯⋯. 어쩌지? 모른 척해 줘야 하는데. 내가 눈치를 주면 저 새끼가 알아차릴까?"

할아버지가 엄청 무서운지 벌벌 떨면서 어쩌지를 연발하는 정하준을 바라보며 고개를 젓는 영웅이었다.

그런 자신을 지켜보는 친구들이 있는지도 모른 채 이시우는 입이 댓 발은 나와서 투덜거리고 있었다.

"에이씨! 괜히 쓸데없는 내기를 해 가지고."

투덜거리면서 자신의 차에서 내려 별장을 향해 천천히 걸어가는 이시우를 향해 누군가 환한 얼굴로 달려왔다.

오늘 생일의 주인공인 임윤성이 이곳에서 이시우를 기다리느라 다른 사람들이 있는 파티장에는 모습을 드러내지 않은 것이다.

"시, 시우야, 왔어?"

"그래. 약속대로 왔다. 됐냐?"

"와 줘서 고, 고마워."

"됐다. 약속은 약속이니까. 생일 축하한다."

"으응, 고마워. 그, 그리고……."

"안다, 알아. 친한 척해 달라는 거지?"

"으응."

"하아……. 그래."

깊은 한숨을 쉰 이시우가 잠시 고개를 푹 숙이고 있다가 이내 환한 미소를 지으며 오늘 이 파티의 주인공이자 미소실 업의 외아들인 임윤성에게 친한 척을 하기 시작했다.

"야야! 윤성아! 진짜 반갑다! 이게 얼마 만이냐!"

"그, 그러게. 자, 들어가자. 내가 사람들 소개해 줄게."

"그래."

둘의 대화를 다 들은 영웅은 재미난 미소를 지었다.

'뭔가 내기를 해서 졌나 보군.'

대충 들은 대화를 종합해 보면 이시우는 저 망나니와 모종의 내기를 했었고 그 내기에서 져서 오늘 이 자리에 온 것 같았다.

국내 10대그룹의 도련님이 자신의 생일에 참석한다는 것은 망나니 입장에서 자신의 입지를 대폭 올릴 수 있는 기회였다.

즉 임윤성은 천상계에 있는 이시우와 친분을 과시해서 이곳에 온 친구들 사이에서 자신의 위치를 확고하게 잡을 생각이었다.

그것만으로도 자신은 엄청난 이득을 볼 수 있었다.

이것을 위해 그동안 쏟아부은 돈이 얼마던가. 이시우와 연결 고리를 만들기 위해 노력했던 그동안의 시간들이 주마등처럼 지나갔다.

그 기나긴 시간을 잘 참아 낸 자신을 마음속으로 칭찬하며 이시우를 안내했다.

이제 오랫동안 공들여서 키워 온 과실을 따낼 차례였다.

파티 회장에 이시우를 대동하고 등장하자 사람들의 시선이 일제히 쏠렸다.

다들 이시우를 보며 고개를 갸우뚱하고 있었다.

누군지 모르는 사람을 대동하여 같이 입장을 하고 있으니.

그런 사람들에게 아주 친절하게 설명해 주는 임윤성이었다.

"다들 이렇게 와 줘서 고맙다! 여기 새로운 친구를 소개할게. 인사해. 지엘 그룹의 후계자이며 내 친구인 이시우야."

임윤성의 소개에 다들 웅성거리기 시작했다.

저런 거물을 이곳에서 볼 거라곤 생각하지 못했기 때문이었다.

이곳에 있는 사람들 대부분이 지엘 그룹의 눈치를 살펴야하는 기업들의 아이들이었다.

지엘 그룹과 연관이 없다 해도 눈치를 살펴야 한다. 그것이 이들과 이시우의 격차였다.

이시우는 말 그대로 귀족이다.

자신들이 감히 넘볼 수 없는 위치에 있는 사람이었다.

그런데 임윤성이 그런 사람과 친분을 과시하며 나타난 것이다.

그를 무시했던 사람들의 시선이 달라졌다. 그것을 느낀 임윤성은 입가에 미소를 지었다.

한편, 자신이 이용당하고 있다는 것을 느끼는 이시우의 기분은 더러웠다.

누가 봐도 자신을 이용해 자기 지위를 올리려는 수작이 아니던가.

눈에도 띄지 않던 놈에게 낚여서 내기를 한 자신을 원망할 뿐이었다.

그냥 무시하면 되지 않느냐고 사람들이 묻기도 한다.

하지만 이시우의 성격이 그것을 용납하지 않았다. 자신의 입으로 내뱉은 말은 무조건 지키는 것이 그의 신조였고 약속은 목숨보다 소중하다는 것이 그의 지론이었다.

덕분에 지금 이렇게 수모를 당하고 있었지만.

"시, 시우야. 기분이 별로 안 좋아 보이는데?"

임윤성이 조심스럽게 물어 오자 이시우가 별거 아니라는 투로 대답했다.

"아냐. 목이 좀 말라서."

"그래? 기다려. 야! 거기!"

이시우의 말에 재빨리 누군가를 부르는 임윤성이었다.

이시우는 짜증이 났지만 그래도 약속은 약속이니 최대한 평온한 표정을 지으려 애썼다.

"네!"

"마실 거 가져와! 마실 거!"

"어, 어떤 거로 가져다드릴까요?"

"이 새끼야! 종류별로 다 가져와!"

"……알겠습니다."

살짝 이를 갈며 말을 했지만, 임윤성의 귀에는 들리지 않았다.

잠시 후, 쟁반 가득히 음료가 든 잔을 올려서 가져오다가 너무 많이 올린 탓에 중심이 흔들리면서 그만 이시우의 바지에 쏟아 버렸다.

와장창—!

순식간에 벌어진 일에 주변의 모든 사람이 일순 당황했다.

"시, 시우야!"

임윤성이 놀라서 이시우를 불렀고 가만히 있다가 날벼락을 맞은 이시우는 분노가 치밀어 올랐다.

가뜩이나 기분이 더러웠는데 이런 일까지 당하니 참을 수가 없었다.

이시우가 활활 타오르는 눈으로 자신에게 음료를 쏟은 사람을 바라보았다.

그리고 한마디를 하려는데 어디서 많이 본 얼굴이 눈앞에
있는 것이다.

"어? 어어?"

전혀 상상도 안 했던 인물이 자신의 눈앞에서 자신의 바지
를 닦아 주고 있었다.

이게 진짜인가 싶어 자신의 눈을 한 번 비비고 다시 확인
하는 이시우였다.

"너, 너……."

이시우가 놀라서 말을 더듬거리는데 그것을 분노해서 말
이 나오지 않는 것으로 착각한 임윤성이 분노한 표정으로 소
리 쳤다.

"야! 이 새끼야! 이게 무슨 짓이야!"

임윤성이 버럭 소리를 지르며 이시우의 바지를 닦던 수건
을 빼앗아 자신이 부랴부랴 이시우의 바지를 닦기 시작했다.

"시, 시우야. 괜찮아? 미안하다. 내, 내가 이 새끼들 교육
을 제대로 했어야 했는데."

이시우는 임윤성이 자신의 바지를 닦으며 변명을 하는데
도 대꾸는 하지 않고 자신의 앞에 있는 남자를 바라보며 어
이가 없는 표정으로 입을 열었다.

"네가 왜 거기서 나와?"

이시우의 말에 임윤성이 자신에게 말하는 줄 알고 대답을
했다.

"아, 나 바로 네 옆에 서 있었잖아. 계속 네 옆에 서 있었는데, 왜?"

임윤성의 대답에 이시우가 그에게는 눈길조차 주지 않으며 고개를 저었다.

"아니, 너 말고."

자신에게 말한 것이 아니라는 것을 깨달은 임윤성이 방금 음료가 든 쟁반을 엎은 남자를 바라보았다.

이시우가 말한 사람이 바로 눈앞에 있는 자기 회사 인턴이라는 사실에 긴장한 얼굴로 물었다.

"얘? 얘는 우, 우리 회사 인턴이야."

임윤성의 말에 이시우가 황당한 표정으로 되물었다.

"뭐? 인턴?"

"으응, 시, 시우 네가 아는 사람이야?"

혹시라도 아는 사람일까 걱정하고 있었다.

이시우에게 쟁반을 엎은 사람은 바로 정하준이었다.

정하준은 계속 이시우에게 고개를 흔들며 무언가 눈치를 주고 있었다.

눈치가 빠른 이시우는 정하준이 뭔가 사정이 있어서 지금 이런 상황에 빠진 것을 알아챘다.

정하준의 표정을 보고 재빨리 눈치를 챈 이시우가 말을 정정했다.

"아, 아니네. 내가 아는 애랑 많이 닮아서."

"아, 그래? 야! 이 자식아! 너는 왜 시우 아는 애랑 닮아서 헷갈리게 만들어! 하여튼 하나부터 열까지 맘에 안 들어!"

임윤성의 말에 정하준이 부들부들하며 화를 삭이는 모습을 보였고 그것을 본 이시우는 빵 터졌다.

참아 보려 했지만, 도저히 참을 수가 없었다.

"푸하하하하! 끄윽끄윽!"

갑자기 배를 잡고 마구 웃는 이시우를 당황한 표정으로 바라보는 임윤성이었다.

"시, 시우야?"

"아이고 배야! 푸하하하하하!"

당황하거나 말거나 정하준의 표정을 볼 때마다 웃음이 자꾸 나와서 참을 수가 없는 이시우였다.

"크크크큭! 야! 가, 가서 크큭. 마, 마실 것 좀 다, 다시 가져와. 크크큭."

웃으랴 말하랴 힘들어 보이는 이시우를 험악한 인상으로 노려보고는 등을 돌려 자리를 이동하는 정하준. 이시우는 그를 보며 다시 빵 터졌다.

"하하하하하하! 아이고 나 죽네! 푸하하하!"

정하준이 사라지고 한참을 지나서도 계속 웃는 이시우를 여전히 당황한 표정으로 바라보는 임윤성이었다.

다른 애들 같았으면 자신의 성격상 한 소리 하며 지랄을 했겠지만, 지금 웃고 있는 사람은 이시우였다.

어리둥절한 표정으로 자신을 바라보는 임윤성에게 이시우가 눈물을 훔치며 말했다.

"야, 여기 오길 진짜 잘한 거 같다. 푸홋! 아, 여기 엄청 재밌네. 내가 지금까지 살면서 최고로 크게 웃은 날인 것 같다. 고맙다. 푸풉!"

이시우의 말에 임윤성의 표정이 환해졌다.

그의 개그 코드가 좀 남다르긴 했지만 아무렴 어떤가.

모로 가도 서울만 가면 된다고 했다.

뭐가 되었든 이시우의 기분이 좋아졌다니 그것으로 만족하는 임윤성이었다.

임윤성은 정하준에게 이시우를 전담하라고 시킬 생각이었다. 지금 상황을 지켜보니 정하준이 무언가를 할 때마다 빵빵 터지고 있었다.

눈물까지 흘리며 즐거워하는 것을 보며 재벌가 사람들은 개그 코드가 특이하다고 생각하는 임윤성이었다.

'저게 웃긴가?'

고개를 갸웃거리며 이해해 보려 했지만, 도무지 알 수 없는 개그 코드였다.

그때 때마침 정하준이 마실 것을 다시 들고 돌아왔다.

"푸홋! 하하하!"

그 모습에 다시 빵 터진 이시우를 바라보며 몸을 부들부들 떨며 인상을 찡그리는 정하준이었다. 찡그리는 모습을 지켜보던 임윤성이 화들짝 놀라서 재빨리 소리쳤다.

"야! 너 지금 손님한테 표정이 그게 뭐야! 똑바로 안 해?"

버럭 소리를 치며 삿대질까지 하자 정하준의 얼굴이 터지기 일보 직전처럼 새빨갛게 변했다.

그리고 손에 들고 있던 쟁반을 바닥으로 던지며 소리쳤다.

와장창-!

"이런 X발! 못 해 먹겠네, 진짜! 야! 너 그만 웃어! 그만 웃으라고 새끼야!"

갑자기 급흥분하여 옆에서 웃고 있는 이시우에게 삿대질하며 소리를 질러 대는 정하준을 보며, 임윤성은 크게 당황했다.

미친 것이 분명했다.

그보다 큰 문제는 기껏 기분이 좋아진 이시우가 다시 기분이 나빠질까 봐 그게 더 걱정이었다.

임윤성은 다급한 목소리로 정하준을 말리며 버럭댔다.

"야! 그, 그만해! 너 미쳤어? 제정신이야?"

임윤성의 외침에 정하준은 그를 정말로 죽일 듯한 표정으로 노려보며 나직하게 말했다.

"넌 닥쳐라. 주둥이 찢어 버리기 전에."

"뭐? 이 새끼가 너 진짜 큰일 나고 싶어?"

임윤성 역시 얼굴이 빨개져서 정하준에게 삿대질을 하며 버럭버럭 소리를 질렀다.

그때 이시우가 정하준을 바라보며 물었다.

"야, 이제 정체 밝혀도 되냐? 뭔가 정체를 밝히면 안 되는 상황 아니었어?"

이시우가 정하준에게 갑자기 말을 걸기 시작했는데 짜증 난 목소리가 아닌 애정이 듬뿍 담긴 목소리였다.

화를 낼 줄 알았는데 화를 내기는커녕 부드러운 목소리로 친한 척을 하는 것이 아닌가.

임윤성이 크게 당황을 하고 있을 때, 임윤성의 고성에 무슨 일인가 싶어 사람들이 몰려오기 시작했다.

와서 상황을 보니 서빙을 하던 놈이 임윤성과 이시우의 심기를 건드린 것으로 보였다.

사람들의 모든 관심은 이시우에게 쏠려 있었다.

다들 이시우가 건방진 인턴을 어찌할 것인지 흥미진진한 표정으로 지켜보고 있었는데, 의외로 부드러운 표정으로 정하준을 대하니 김이 팍 새는 기분이었다.

"역시 진짜 재벌은 인성도 다르네."

"그러게 말이다. 저런 건 우리도 보고 배워야 하는데."

"부족함이 없는 삶을 살아서인지 모든 것에 관대한가 봐."

커다란 오해를 하는 사람들이었다.

그러거나 말거나 이시우의 말에 정하준이 퉁명스럽게 대답했다.

"몰라! 이게 다 너 때문이야!"

다시 버럭 화를 내는 정하준을 바라보며 임윤성이 한마디 하려 했다. 그런 그를 말리는 사람은 바로 이시우였다.

"야, 임윤성! 너 쟤가 누군지 알고 지금 이렇게 막 대하는 거냐?"

갑작스러운 질문에 잠시 어리둥절한 표정으로 이시우를 바라보다가 대답을 했다.

"으응? 우, 우리 회사 이, 인턴?"

"아닐걸."

"그, 그럼?"

"너 내가 무섭냐?"

"으, 응."

이시우의 말에 솔직히 대답하는 임윤성에게 이시우가 웃으며 말했다.

"나보다 쟤를 더 무서워해야 할 건데?"

이시우의 말에 임윤성이 고개를 갸우뚱거리며 정하준을 바라보았다.

자신을 잡아먹을 듯한 표정을 짓고 있는 것이 맘에 들지 않아 인상을 찡그리려는 찰나였다.

"쟤가 백산 그룹 회장 손주야. 너희가 물건 납품하는 거기. 너희 회사 먹여 살려 주는 백산 그룹."

찡그려지던 표정이 순식간에 펴지면서 놀란 표정을 짓기 시작하는 임윤성이었다.

"그, 그게 무, 무슨 말이야?"

"크크크크. 병신아. 내가 왜 웃었는지 알아? 저놈이 서빙을 하는 모습에 빵 터진 거다. 세상에 천하의 백산 그룹 귀공자가 서빙이라니. 푸하하하하! 다시 생각해도 너무 웃기다!"

"이 새끼야! 웃기냐? 어? 웃겨? 너 때문에 내가 진짜! 아씨! 정체 들키면 할아버지가 나 잡아 죽인댔는데."

"어? 그게 이유였냐? 그래서 이 수모를 겪으면서 참은 거야? 푸하하하, 미친놈. 너희 할아버지 말로만 그러시지, 세상에서 누구보다 널 끔찍하게 아끼는 거 세상 사람들이 다 안다. 모르긴 몰라도 얘네 아버지 지금쯤 불려 가서 장난 아니게 혼나고 있을걸."

5장

그 말에 얼굴이 순식간에 하얗게 변하면서 이제야 무슨 상황인지 파악을 한 임윤성이었다.

둘은 정말로 잘 아는 사이였다.

이것은 즉, 이시우가 하는 말이 전부 진실이라는 얘기였다.

"그, 그게 무, 무슨? 아, 아니 배, 백산 그룹에서 왜 우, 우리 회사에 이, 인턴을 보, 보내."

머리가 하얗게 변했는지 말도 제대로 못 하고 벌벌 떨고 있었다.

그런 임윤성에게 누군가가 마실 것을 내밀었다.

영웅이었다.

"마셔라."

"어? 너도 여기 있었냐?"

"응, 쟤가 도와달래서."

영웅의 말에 이시우가 황당한 웃음을 지으며 임윤성에게 말했다.

"미치겠네. 하하. 너 진짜 난놈이다. 세상에 천강 그룹 귀공자와 백산 그룹 귀공자에게 서빙을 시키다니. 너희 아버지 오늘 저녁에 바쁘시겠다. 백산 그룹에 불려 가랴 천강 그룹에 불려 가랴."

그 말에 임윤성의 눈이 하얗게 변하더니 그 자리에서 픽 하고 쓰러졌다.

자신이 감당할 수 있는 충격을 넘어선 것이다.

"으아아악! 도, 도망가!"

"저, 저희는 아무것도 몰라요!"

"그, 그냥 초대받아서 온 것뿐입니다!"

다들 자기 얼굴을 가리고 도망가기 바빴다.

여기 있는 대부분이 지금 이 둘에게 서빙을 시켰고 함부로 대했기 때문이었다.

"전부 그 자리에서 멈춰. 한 놈이라도 나가면 그놈 집안은 길거리에 나앉게 될 거야."

작은 목소리였음에도 그곳에 있는 사람들은 전부 또렷하게 그 말을 들었다.

일동 얼음이 된 상태로 조금의 움직임도 보이지 않았다.

그런 그들을 싸늘한 표정으로 바라보며 중얼거리는 정하준의 모습은 지옥에서 올라온 악마 그 자체였다.

"이놈들은 어찌한다? 오늘 기분도 꿀꿀한데 한바탕할까?"

이제 다 죽었다고 하고 눈을 질끈 감은 그때 그곳에 있는 모든 이들에게 희망의 목소리가 울려 퍼졌다.

"애들 그만 괴롭히고 기절한 그놈만 데리고 가자."

"야! 너는 화도 안 나냐? 아까 저 새끼들이 우리한테 무슨 짓을 했는지 알아?"

"그래서? 지금 똑같이 하겠다고? 하지 마라, 수준 떨어지게 무슨."

영웅의 말에 정하준이 벌벌 떠는 몸으로 자신을 바라보는 수많은 사람을 바라보았다.

그렇게 한참을 노려보다가 결국 깊은 한숨을 내쉬며 손을 내저었다.

"하아……. 그냥 가라."

정하준의 말에 다들 90도로 인사를 하며 그곳을 서둘러 빠져나갔다.

사람들이 모두 사라지고 이제 본격적으로 기절한 놈을 깨워서 응징하려 하는데, 차 한 대가 굉음을 내면서 빠른 속도로 별장으로 들어왔다.

부아아아아아앙-! 끼이이이이익-!

급정거하면서 엄청난 먼지가 일어났고 그 먼지를 뚫고 어떤 중년의 남자가 다급하게 달려왔다.

그러더니 기절한 자신의 자식을 보고는 재빨리 엎드렸다.

"죄, 죄송합니다! 도련님! 제, 제가 자식 교육을 잘못 시켰습니다! 부, 부디 넓으신 아량으로 요, 용서를!"

자신보다 한참 어른이 엎드리며 용서를 구하자 당황한 정하준이 재빨리 그를 부축하며 일으켰다.

정하준에게 다급하게 엎드린 사람은 바로 미소실업의 사장이었다.

조금 전에 백산 그룹에 불려 가 호되게 혼이 나고 다급하게 자기 자식이 있는 별장으로 달려온 것이다.

그리고 지금 정하준에게 엎드려 용서를 구하고 있었다.

정하준은 그를 일으키며 말했다.

"이러지 마세요. 저 진짜 불편합니다."

"아, 아닙니다! 저는 이래야 합니다! 도, 도련님! 요, 용서해 주십시오!"

그러면서 연신 바닥에 자신의 이마를 부딪치며 사죄를 하는 미소실업 사장이었다.

"아, 알았어요. 일단 일어나세요."

"저, 정말입니까?"

"조건부긴 하지만……."

"무엇이든 들어드리겠습니다! 제 자식 놈을 데려가 부려

먹겠다고 하시면 기꺼이 내드리겠습니다!"

"오호? 정말요?"

그냥 해 본 말인데 정하준의 반응이 이상했다.

순간 아차 싶은 마음이 들었지만 이미 입 밖으로 꺼낸 말을 어찌 주워 담는다는 말인가.

정하준의 말에 울고 싶은 심정으로 고개를 끄덕이는 미소실업 사장이었다.

"그, 그렇습니다."

"그럼 저한테 넘기세요. 이놈, 사람 만들어 드리죠."

"네?"

"그냥 넘어가기엔 너무 짜증이 나고 그렇다고 보복을 하는 것은 모양이 안 나니까 그냥 너그러운 마음으로 요놈 제가 사람 만들어 드린다고요."

"가, 감사합니다."

"크크. 정말로 감사할지는 나중에 이놈한테 들으시고, 일단 좀 깨우죠."

"알겠습니다."

미소실업 사장이 의료진을 부르려 할 때였다.

영웅은 자신이 해결하겠다며 손뼉을 두어 번 쳤다.

짝짝-!

영웅이 손뼉을 치자 갑자기 허공에서 사람이 튀어나와 영웅의 앞에 부복했다.

"부르셨습니까!"

"응, 얘 좀 깨워."

"충!"

갑자기 나타난 복면인은 기절한 임윤성의 가슴팍에 손을 올리더니 가슴에서 머리 쪽으로 손을 스윽 하고 올렸다.

그러자 신기하게도 임윤성의 눈이 번쩍 떠지는 것이다.

"수고했어."

"아닙니다!"

파팍-!

자신의 임무를 마치자마자 다시 순식간에 사라지는 복면 인이었다.

그 모습에 그곳에 있던 이들이 입을 쩍 벌리고 영웅을 바라보았다.

그러다가 정하준과 이시우가 호들갑을 떨며 이것저것 묻기 시작했다.

"우와! 미친! 바, 방금 뭐야?"

"너, 너 가, 각성자가 네 곁에 항상 저렇게 따라다녔던 거야?"

정하준과 이시우의 말에 영웅이 웃으며 고개를 끄덕였다.

"순식간에 사라지고 나타나는 것을 보니 등급도 높아 보이는데?"

"AAA급이냐?"

"미친놈아, AAA급이 할 짓이 없냐? 재벌 집 도련님 따라 다니게?"

"그럼 저렇게 움직이는데 AA급이겠냐? 못해도 AAA급이 지?"

"에이! 은신술에 특화된 사람들일 수도 있잖아. 그렇지? AA급이지?"

"아니래도! 영웅아, 확실하게 말해 봐! AAA급이지?"

둘은 서로 AA급과 AAA급이라는 것으로 싸우다가 영웅을 바라보며 진실을 요구했다.

그들의 모습에 영웅이 검지로 턱을 긁으며 작은 목소리로 말했다.

"아니 둘 다 틀렸는데……. S급이야."

"……."

"……."

순간의 정적이 일어났다.

그리고 동시에 엄청난 소란이 일어났다.

"뭐? 미친!"

"S급이 왜 네 호위를 하고 있어? 미친 거 아냐? 국가급 인 재가? 와나! AAA급이 따라다녀도 놀랄 판에 S급?"

"야! 아까 너한테 추, 충이라고 하던데? 네 심복이야?"

그 후로도 계속된 질문 공세에 영웅은 그저 미소로 응답을 했다.

"나중에. 나중에 다 말해 줄게. 지금은 이놈한테 집중하자."

"진짜지? 나중에 진짜로 다 말해 줘야 해."

"알았다."

영웅에게 확답을 듣고서야 깨어난 임윤성에게 고개를 돌리는 정하준이었다.

기절했다가 깨어났더니 갑자기 엄청난 소란이 일어났고, 그 소란에 정신을 차리고 주변을 둘러보니 자신의 아버지가 그곳에 있었다.

그런데 아버지의 상태가 심상치 않았다.

무언가 엄청난 것을 본 표정으로 그 자리에서 망부석처럼 굳어 있었다.

그리고 고개를 돌리자 자신과는 상대도 안 되는 집안의 자제들이 자신을 노려보고 있었다. 그 모습에 임윤성은 목을 움츠리며 눈치를 살폈다.

"야."

"으응?"

"방금 네 아버지가 너를 나에게 일임하셨다."

"응?"

이게 무슨 소리란 말인가?

자신을 일임하다니.

"너를 나에게 맡기셨다, 이 말이지. 언더스탠?"

낫 언더스탠이다.

이해가 될 리가 없지 않은가.

이 상황을 설명해 줘야 할 아버지는 지금 정신이 나가신 상태였다.

"그냥 내일부터 내 말에 충실히 따르면 된다. 싫으면 지금 말해."

정하준의 말투는 부드러웠지만, 표정은 그러지 않았다.

깊은 산속 사찰에 가면 제일 먼저 반겨 주는 것이 있다.

험상궂은 표정으로 방문객을 반겨 주는 네 개의 조형물.

바로 사천왕이다.

지금 정하준의 표정이 바로 그 표정이었다.

표정만으로도 사람을 공포에 빠지게 만들고 있었다.

이걸 믿어야 할지 말아야 할지 고민을 하며 아버지를 바라보았는데, 조금 전까지 멍하니 있던 아버지가 정신을 차렸는지 자신을 찢어 죽일 듯한 표정으로 바라보며 나직하게 말했다.

"좋은 말로 할 때 잔말 말고 해라. 저분이 죽으라면 죽는 시늉까지 해라."

자신을 향해 나직하게 말하는 아버지의 말에 임윤성은 고개를 푹 숙이고 작게 대답했다.

다른 것도 무서웠지만 세상에서 가장 무서운 것은 바로 자신의 아버지였다.

"네……."

그런 임윤성을 맛있는 먹잇감 보듯이 사악하게 웃으며 바라보는 정하준이었다.

"크크. 우리 잘 지내 보자."

<hr />

사무실에 수많은 눈이 믿기지 않는다는 표정으로 무언가를 바라보고 있었다.

"실장님? 저 이거 해요?"

정하준의 말에 회사에서 가장 유명한 문제아인 임윤성 실장이 쩔쩔매고 있었다.

"아, 아니요. 제, 제가 하겠습니다. 거, 거기 두세요."

"에이, 이 정도는 나도 할 수 있는데."

"아, 아닙니다! 제, 제가 하겠습니다. 제가 하고 싶습니다!"

하루아침에 사람이 달라져도 저렇게 달라질 수가 있단 말인가?

자신들이 알고 있던 망나니의 모습이 아니었다. 평소 같았으면 회사가 뒤집히고도 백 번은 뒤집혔어야 할 상황인데 뒤집기는커녕 오히려 인턴에게 쩔쩔매고 있었다.

"이게 무슨 상황이냐?"

"그, 글쎄? 모, 몰래카메라인가?"

사람들은 어딘가에서 자신들을 찍고 있을 카메라를 찾기 시작했다.

아무리 찾아도 카메라가 보이지 않자 그제야 이것이 현실이라는 것을 자각하기 시작하는 사람들이었다.

"이거 아무래도……. 현실 같은데?"

"저 미친놈이 어젯밤에 뭘 잘못 먹었나? 왜 갑자기 안 하던 짓을 한대?"

사람들이 그러거나 말거나 임윤성 실장은 그것을 신경 쓸 여력이 없었다.

자신의 눈앞에 있는 두 사람에게 최대한 잘 보여야 했기 때문이었다.

'이런 X발. 대기업 자식들이 왜 이런 곳으로 인턴 실습을 나오고 지랄이야.'

속으로 욕을 하며 겉으로는 밝은 미소를 유지하고 있었다.

"어? 우리 실장님 지금 속으로 내 욕 한 거 같은데?"

"아, 아닙니다! 제, 제가 무슨 요, 욕을 했다고 이러십니까?"

"어? 그냥 찔러본 건데? 지금 반응을 보니 진짠가 보네?"

이런 식이었다.

오늘 하루 종일 임윤성을 상대로 저렇게 깐죽대고 있었다. 그런데도 임윤성은 화 한 번 내지 않고 쩔쩔맸다.

물론, 사람들이 없는 곳에서만 이렇게 하고 있었다.

"정하준 씨! 지금 뭐 하시는 겁니까?"

그때 김철민 부장이 등장했다.

김철민 부장은 저 멀리서 임윤성 실장과 정하준이 같이 있는 것을 보고 또 괴롭힘을 당하는 줄 알고, 서둘러 달려온 것이다.

그런데 자신 앞에 펼쳐진 상황은 예상과는 완전 달랐다.

"아! 부장님 안녕하십니까!"

정하준의 인사를 받아 주면서 다시 물었다.

"지금 이게 무슨 상황인지 알 수 있을까요? 어째서 정하준 씨가 실장님을 이렇게 안하무인으로 대하는지 말입니다."

김 부장의 물음에 정하준은 임윤성의 옆구리를 콕콕 찔렀다.

그러자 화들짝 놀란 표정으로 임윤성은 김 부장에게 상황 설명을 했다.

"기, 김 부장님! 그, 그냥 나이도 비슷하고 해서 제가 치, 친구로 지내자고 했습니다. 뭐, 뭘 그런 것까지 신경을 쓰고 그러십니까? 인턴이라고 해도 진짜 우리 회사에 입사하는 정식 직원도 아니고 말입니다."

누가 봐도 어색한 말투로 설명을 하는 임윤성을 어이없는 표정으로 바라보는 김철민 부장이었다.

믿기지 않았지만 둘이 친구로 지냈다는데 꾸중하겠는가.

혹시 자신이 모르는 신종 괴롭힘인가 싶어 유심히 둘을 살펴보는 부장이었다.

"뭐, 뭡니까? 그 의심스러운 눈빛은? 하, 하준아. 우, 우리 친구지? 그렇지?"

덜덜 떨면서 친구냐고 묻자 정하준이 씩 웃으며 답해 줬다.

"그럼! 친구지."

"하하. 그, 그렇지? 치, 친구야 뭐 마실래? 내, 내가 사다 줄게."

"그래. 그럼 난 탄산. 영웅이 너는?"

"나도. 같은 거."

"그, 그래. 알았어. 여, 여기서 기다려. 내가 그, 금방 다녀올게."

다급하게 자리를 뜨려는 임윤성에게 갑자기 어깨동무하는 정하준이었다.

얼핏 보면 정말 친해 보였지만 정하준은 계속 복화술로 임윤성에게 속삭이고 있었다.

'웃어. 환하게 웃어. 쟤가 의심하잖아.'

"하하하. 기, 기다려. 내가 금방 가서 사 올게."

임윤성은 정하준의 말대로 환하게 웃어 보이며 어깨동무를 풀고는 재빨리 그곳을 빠져나갔다.

그 모습이 이상했지만, 자세한 사정을 알 리 없는 김 부장은 고개를 갸웃거리며 둘을 의심스러운 눈빛으로 바라보았다.

그러다가 고개를 저으며 말했다.

"두 분이 그렇다는데 알겠습니다. 그럼 전 이만."

둘이 친구 하였다는데 자신이 여기서 더 뭘 말하겠는가. 정하준은 어차피 얼마 안 있으면 나갈 사람이었고 그 옆에 있는 임 실장은 척을 지기 껄끄러운 상대였으므로 그냥 그러려니 하고 넘어간 것이다.

멀어지는 김 부장을 보며 정하준은 중얼거렸다.

"역시 탐나는 사람이야. 내가 꼭 데려가야겠어."

김 부장은 왠지 모를 오한을 느끼며 자신의 집무실로 돌아갔다.

뒤에서 자신을 이글거리는 눈빛으로 노리고 있는 사실도 모른 채 말이다.

⌐⌐

"크하하하하! 하준이 그놈이 사귀는 친구들이 지엘 그룹의 이시우와 천강 그룹의 막내 강영웅이라고?"

"그렇습니다."

"푸하하하! 역시 내 핏줄이군. 나는 그 녀석을 믿고 있었지."

연신 기분 좋은 미소를 지으며 말하는 정복만 회장을 보며 비서실장은 그저 미소 지을 뿐이었다.

　"그냥 허송세월 보내는 줄 알았더니 인복이 있었군. 지엘 그룹의 황태자와 천강 그룹의 천재라."

　"알아보니 도련님도 그 둘의 정체를 모르고 지내셨다고 하더군요."

　"그래? 일반인으로 알고 친구를 먹었는데 알고 보니 용들이었다 이거군."

　"그렇습니다."

　"크하하하! 그게 인복이지 뭔가! 그나저나 천강 그룹의 막내랑 인연이 있을 것이라고는 상상도 못 했군. 워낙에 유명한 망나니가 아니었나."

　"맞습니다. 세간에 소문이 자자했죠. 오죽했으면 천강 그룹 강 회장이 자식을 포기하고 싶다고 하소연한다는 말까지 돌았겠습니까."

　"그런데 어느 날 정신을 차렸다지?"

　"머리를 다쳐 모든 기억을 잃었다고 하더군요. 그 뒤로 사람이 완전히 바뀌었다고 합니다."

　"허어, 거참. 하늘이 도운 것인가? 아니면, 원래 그런 놈인데 세상을 속이고 있는 것인가."

　"그것은 아닌 것 같습니다."

　"허허. 세상에는 정말 별일이 다 있는 것 같아. 하긴, 웜홀이라는 것이 나타나고 각성자라는 신인류가 나타날 줄 누가 알았겠는가. 기억을 잃고 다시 태어나는 것은 신기한 것도 아니지."

정복만 회장은 연신 말하다가 심각한 표정으로 바뀌었다.

"말을 하다 보니 갑자기 생각이 났는데……."

"무엇입니까?"

"대격변 말이야……. 슬슬 대비해야 하지 않을까?"

대격변.

5년에서 6년 사이에 한 번씩 나타나는 기현상이었다.

그때는 수많은 웜홀이 사라지고 다시 생성되는 시기였다.

대격변 때는 지구 전체가 초긴장 모드로 들어갔고 모든 나라가 그때만큼은 하나가 되어 대응을 해 왔다.

가장 위험한 것은 바로 제어되지 않은 웜홀이었다.

가끔가다 불완전한 웜홀이 생성되는데 그 웜홀의 위험도에 따라 지구의 위기 단계가 달라졌다.

웜홀은 색상에 따라 그 위험도가 달랐다.

노란색이 가장 위험도가 낮은 웜홀이었고 현재 지구상에 존재하는 웜홀 중에서 가장 위험한 웜홀은 붉은색 웜홀이었다.

붉은색 웜홀이 불안정해지면 막강한 몬스터들이 튀어나와 날뛰기 때문에 전 세계의 모든 각성자들이 합심해서 그것을 막았다.

그래도 붉은색은 피해가 크기는 하지만 막을 수 있는 등급이었다.

문제는 보라색.

10년 전에 딱 한 번 등장했는데 그때 각성자의 절반이 목숨을 잃었다.

심지어 자체적으로 사라졌기에 그 정도에서 끝이 난 것이지, 그대로 유지되었다면 지구는 멸망했을 것이다.

사람들이 가장 두려워하는 것이 바로 이 보라색 웜홀이었다.

마지막 대격변 때는 다행히 불안정한 웜홀이 등장하지 않았지만, 이번 대격변은 어찌 될지 모를 일이었다.

불확실한 미래.

지금 정복만 회장은 그것을 걱정하고 있었다.

"혹시라도 이번 대격변에 보라색 웜홀이 나타난다면…….
막을 수 있을까?"

"그것에 대비해서 10년간 전 세계가 합심하여 대책을 모색하지 않았습니까. 너무 걱정하지 마십시오. 예전에 힘없이 당하던 인류가 아닙니다."

"그렇겠지?"

"그럼요. 지금은 그때와는 달리 레전드 등급도 셋이나 존재하고 있고, 또 그와 비슷할 것이라 예상되는 천지회주도 무사히 돌아오지 않았습니까."

비서실장의 말에 정복만 회장의 표정이 풀어졌다.

"그래도 모든 상황에 능동적으로 대비할 수 있도록 준비를 철저하게 해 둬."

"알겠습니다."

"이제 머지않아 혼돈이 올 거야. 다행히 전처럼 별일 없이 지나간다면야 문제가 없겠지만……. 그래도 전 세계 경제가 요동을 칠 거니 그것도 잘 대비하고."

"이미 준비에 들어갔습니다."

비서실장의 말에 안심이 되는지 고개를 끄덕이는 정복만 회장이었다.

"부디 이번에도 무사히 지나갔으면 좋겠구나, 제발……."

정복만 회장은 간절함을 담아 창밖에 보이는 하늘에 빌었다.

한국 각성자 협회의 협회장실에서 영웅을 포함해서 협회장인 연준혁과 천지회주 독고영재, 그리고 천민우가 대화를 나누고 있었다.

"대격변?"

영웅이 호기심 가득한 얼굴로 방금 이야기를 꺼낸 각성자 협회장인 연준혁을 바라보았다.

"그렇습니다. 정확한 시기는 확정할 수는 없지만……. 그동안 주기를 보았을 때 머지않아 올 것이 분명합니다."

"흐음, 책에서 보기는 했지만……."

영웅의 말에 천지회주가 물었다.

"아! 주군께서는 기억을 잃으셨다고 하셨죠?"

"응. 전혀 기억이 안 나네."

"허허허. 다행입니다. 그다지 좋은 기억은 아니었을 겁니다. 정말로 기억하기도 싫은 지독한 대격변도 있었으니까요."

"대격변이 오면 기존에 존재하던 웜홀이 전부 사라졌다가다시 리뉴얼된다고?"

영웅의 질문에 이번엔 연준혁이 대답을 했다.

"네! 뭐랄까……. 마치 우리는 게임 속의 세상에 살고 있고 신적인 존재가 정기적으로 대규모 패치를 하는 기분이랄까? 지구 전체를 게임 세상으로 만들고 저희에게 특별한 능력을 주어서 지켜보는 듯한 기분? 아무튼, 그렇습니다."

"신적인 존재? 게임 같다고?"

"네. 아! 각성자의 은총 세트를 구하셨으니 이제 흔히 말하는 웜홀을 경험하실 수 있습니다. 그곳에 들어가 보시면제가 하는 이야기를 이해하실 겁니다."

"흠. 화이트 웜홀도 사라지나?"

"아닙니다. 화이트 웜홀 같은 경우는 특이한 경우라 여전히 존재하고 있습니다."

"그래? 그럼 다행이네. 그나저나 게임이라……."

게임 같다는 소리와 무언가 신적인 존재가 자신들에게 어떤 능력을 준 것 같다는 말에 영웅은 전에 보았던 이상한 광경을 기억해 냈다.

각성자가 각성을 할 때 각성자의 몸에서 나오던 뿌연 기운의 정체.

오로지 영웅만이 그 모습을 볼 수 있었다.

마치 기계와 같은 모습의 초미세한 미확인 물체가 각성자의 몸 밖으로 나왔다가 다시 들어가는 모습을 바로 눈앞에서 목격한 적이 있었다.

그것을 다시 찾기 위해 연준혁의 몸을 샅샅이 훑어보았지만, 이미 연준혁의 몸과 동화가 되었는지 눈에 띄지 않았다.

'그것도 이것과 연관이 있는 건가?'

"그리고 대격변이 오면 이상하게 몸에 힘이 없어집니다. 엄청 피곤하다고 해야 할까요? 기운도 없고 그냥 하루 종일 자고 싶은 그런 기분이 듭니다. 바로 이것이 대격변이 위험한 이유입니다."

"각성자들만 그런 건가?"

"아닙니다. 일반인들은 저희보다 더하죠. 오랜 시간은 아니지만 대략 1시간 정도? 그 정도 시간 동안 전 인류가 무기력한 증상을 호소합니다. 문제는 그때 위험한 웜홀이 불안정한 모습으로 생성되어서 몬스터라도 튀어나온다면 재앙이 벌어질 것입니다."

아직 정확한 경험을 해 본 것이 아니기에 확실하게 자신이 지켜 주겠다고 장담을 못 하는 영웅이었다.

그렇다고 겁을 먹은 것은 아니었다.

오히려 두근거리는 마음으로 한껏 기대하고 있었다. 물론, 지구의 재앙을 두고 대놓고 좋아할 수는 없기에 속으로만 생각하고 있었다.

"아무리 주군이라도 그때만큼은 조심하시길 바랍니다."

"그러지."

눈을 감은 채 고개를 살짝 끄덕이며 대답하는 영웅을 보며 미소를 짓는 연준혁과 사람들이었다.

그러다가 무언가 생각났는지 다시 입을 열었다.

"아참! 인턴 실습 무사히 마치신 것을 축하드립니다."

"오! 듣기는 했습니다. 경하드리옵니다, 주군!"

"하하! 축하드립니다, 주군!"

세 명이 앞다투어 축하를 전하자 영웅이 어이가 없는 표정으로 말했다.

"뭘 그런 것을 축하씩이나 하고 있어."

"허허허. 뭐가 되었든 주군께서 무언가의 일을 완수한 것이 아닙니까? 당연히 수하로서 축하드리는 것이 마땅하옵니다."

"회주님 말씀이 맞습니다."

천지회주와 천민우가 영웅을 뿌듯한 표정으로 바라보고 있었다.

하지만 그 표정은 오래가지 못했다.

연준혁이 꺼낸 주제 때문이었다.

"그런데 듣기로는 주군께 심부름을 시키며 막 대한 인물이 있다는 첩보를 들었습니다만⋯⋯. 정말입니까?"

"어? 그, 그게."

영웅은 순간 당황하며 주변을 둘러보았다.

이들 성격상 자신에게 그런 짓을 했다고 하면 뒤도 안 보고 달려가 머리와 몸통을 분리시킬 것 같았다.

아니나 다를까 뿌듯한 표정에서 싸늘한 표정으로 순식간에 변한 천지회주와 천민우였다.

"그, 그런 일이 있었습니까? 어떤 죽일 놈이 감히 나의 주군께!"

"미소실업 사장 놈입니까? 제가 달려가 교육을 시킬까요?"

"말씀만 하십시오! 확실하게 주군이 어떤 분이신지 교육을 시켜 놓겠습니다!"

한국 각성자들을 대표하는 자들이었다.

그들의 권력은 일개 중견 기업 사장이 감당할 수 있는 위치가 아니었다.

그의 말 한마디면 전국의 기업이 들썩이고 미소실업은 순식간에 공공의 적이 될 것이다.

거기에 영웅에 대한 충성심이 하늘을 찌르고 있는 마당에 영웅이 그런 대우를 받았다는 소리를 들었으니, 하늘이 무너지는 듯한 느낌을 받은 이들이었다.

특히 제일 먼저 소식을 접한 연준혁은 당장이라도 달려가서 미소실업을 뒤집어엎고 싶었지만, 그곳에 자신의 주군이 있기에 초인적인 인내심으로 참고 또 참았던 것이다.

이제 영웅이 그곳에서의 인턴 생활을 마감하고 나왔으니 거칠 것이 없었다.

당장이라도 뛰어나갈 기세로 말하는 그를 영웅이 달랬다.

"됐어! 그만해. 나에게 그 짓을 한 놈은 지금 악마 같은 놈에게 잡혀서 지옥을 경험하고 있으니까, 굳이 너희까지 나설 필요 없어."

"그렇습니까? 그러면 다행입니다만……."

다들 전혀 만족하는 표정이 아니었다.

그저 영웅이 그 정도만 하라니까 분노를 참을 뿐이었다.

물론, 그 분노는 영웅의 앞에서만 참는 것이었다.

─어떤 놈인지 조용히 알아봐.

천지회주가 연준혁에게 전음을 보내자 연중혁이 조심스럽게 고개를 끄덕였다.

그것을 본 영웅이 고개를 절레절레했다.

말려 봐야 들을 것 같지 않아서였다.

'하아, 명복을 빈다.'

어딘가에 있을 미소실업의 임윤성에게 명복을 빌어 주는 영웅이었다.

"그 얘긴 그만하고, 나를 부른 이유가 뭐야? 대격변 이야기 해 주려고 부른 거야?"

영웅의 물음에 천지회주가 나서서 대답했다.

"아닙니다, 주군. 이제 저희가 주군을 모시기로 마음을 먹었으니 그에 합당한 단체가 필요할 듯싶어서 말입니다. 그냥 저희끼리 정하는 것은 예가 아닌 것 같아 주군을 이렇게 모신 것입니다."

"단체? 다 가지고 있잖아."

"저희가 거느리는 단체는 주군의 휘하에 있는 부속 단체가 될 것입니다."

"괜찮겠어? 평생을 일구어 온 곳인데. 거기에 그곳의 사람들 의견도 들어 봐야지."

"이미 모두에게 허락을 구한 내용입니다."

천지회주의 말에 천민우 역시 고개를 끄덕이며 대답했다.

"저 역시 아이들에게 확실하게 이야기를 해 두었습니다."

천민우의 말까지 들은 영웅은 연준혁을 바라보며 물었다

"넌 안 되잖아? 협회는 네 개인 것이 아니니까."

"하하, 당연한 말씀을 하십니까? 저는 저 혼자만 들어갑니다."

"아…… 그럼 협회는?"

"지금처럼 운영해야겠죠? 협회라는 뒷배가 있어야 주군을 각성자들의 세상에서 편히 모시지 않겠습니까?"

연준혁의 말이 맞았다.

이 세상은 각성자들이 우선시되는 세상이었다.

그만큼 연준혁의 역할은 엄청난 것이었다.

"그래, 일단은 알았어. 그래서 단체명은 뭐라고 지으려고?"

"무신천(武神天)이 어떻습니까? 주군께서는 무신이시니 주군께서 계신 하늘이라는 뜻으로 지었습니다."

"헐……."

엄청난 이름을 지어 가지고 온 것이다.

"너무 낯부끄러운 이름인데?"

"허허허. 무엇이 말이옵니까? 오히려 이 이상 표현할 단어가 생각나지 않는 이놈의 머리가 원망스러울 뿐입니다."

천지회주의 말에 다른 둘을 바라보니 반짝거리고 있었다.

이미 넘어간 상태였다.

"하아. 그래……. 맘대로 해라."

"허허허! 그럼 허락하신 것으로 알고 진행하도록 하겠습니다."

"주군께서 현재 제게 맡기신 모든 사업들은 무신천의 이름 아래 진행을 해도 되겠습니까?"

자신이 펼쳐 놓은 문어발 같은 사업들을 하나로 뭉칠 필요가 있긴 했다.

따로 기업을 만들어야 하나 고민하고 있었는데 때마침 좋은 방법이 나타난 것이다.

"그래, 차라리 그게 낫겠네. 한지우 사장에게도 전달해 두지."

"알겠습니다!"

"나에 대해선 철저하게 감추고."

"언제쯤이면 주군을 세상에 자랑할 수 있을까요?"

"때가 되면. 아직은 좀 편하게 살고 싶다. 남의 이목은 좀 덜 받으면서."

"알겠습니다."

지구상에 존재하는 모든 단체 중에서 가장 강하고 절대 무적인 단체가 이렇게 세상에 태어나고 있었다.

협회장실에서 나온 영웅은 처음으로 협회라는 곳을 여유롭게 둘러보기 시작했다.

한국이라는 나라를 대표하는 곳이다 보니 건물 규모가 엄청나게 컸다.

협회 건물 안에는 사무를 위한 공간도 있지만, 수련을 위한 공간도 있었다. 특히, 각성자들을 위한 수련장은 협회 지하에 특수한 시설로 지어져 있었다.

대부분 새로 들어온 각성 헌터들을 교육하고 수련시키기 위한 장소였다.

잠재력이 남다른 자들은 따로 선별해 협회에서 특별 관리를 하고 있었다. 주로 전국에 퍼져 있는 특수학교를 졸업한 최우수 학생들이 선별 대상이었다.

문제는 아직 정신적으로 성숙하지 못한 데다 각성자라는 특수한 신분 때문에 무서운 게 없다는 것. 사고도 많이 치고 동물의 왕국처럼 자신의 힘을 과시하며 자신보다 약한 이들을 괴롭히거나 자신의 아래에 두었다. 이러다 보니 알게 모르게 파벌 같은 것이 형성된다는 것이다.

특히 같은 특수학교를 나온 자들끼리 파벌을 형성해서 다른 학교의 각성자들을 견제하고 그랬다.

이런 것들이 쌓이고 쌓여서 한국의 협회는 내부적으로 단합이 잘되지 않고 있었다.

겉으로는 협조하는 척하지만, 막상 일이 생기면 제 식구들만 챙길 뿐이었다.

이런 이유는 바로 협회장의 힘이 이곳까지 미치지 못하기 때문이었다. 사실 이들은 신입이나 다름없기에 가장 아래에 있는 계급이었다.

이런 사람들까지 신경을 쓰기엔 협회장이라는 자리는 일

이 너무도 많았다.

거기에 자잘한 힘겨루기 같은 경우는 관례라는 말로 포장되어 흐지부지 넘어가기 일쑤였다.

협회 지하는 그들만의 세상으로 변해 가고 있었다.

그래서 협회에서 일하는 사람 중 일반인들은 지하를 가기를 꺼려 했다.

괜히 갔다가 봉변을 당할 수도 있었고, 봉변을 당해도 어디에 하소연도 할 수가 없었다.

협회 내에 직급이 높은 자들은 전부 각성자들이었고 그들은 자신들이 아닌 각성자들의 편에서 대변을 하기 때문이었다.

그런 사정을 알 리가 없는 영웅은 콧노래를 흥얼거리며 지하에 있는 수련장을 향하고 있었다.

각성자들을 위한 수련장이라는 이야기에 흥미가 생긴 것이다.

특히나 특수한 장치가 되어 있어 어지간한 충격에는 파괴되지 않는 곳이라는 것에 더 흥미가 생겼다.

자신의 힘도 버틸까? 하는 호기심이 샘솟았다.

그렇게 내려간 지하는 무언가 음산한 기운이 감돌았다.

뭐랄까, 마치 슬럼가에 온 그러한 기분?

조명이나 인테리어 이런 것은 고급스러운데 무언가 기운이 을씨년스러웠다.

"뭐지? 왜 이리 썰렁하게 느껴지지?"

영웅이 느끼기에도 분위기가 이상했다.

그러던 중에 지나가던 자들과 어깨가 부딪혔다.

영웅은 미안하다는 제스처를 취하고 다시 등을 돌리는데, 어깨를 부딪힌 남자가 껄렁거리는 목소리로 말하며 영웅의 어깨를 잡았다.

"야! 사람을 치고 사과하는 자세가 영 아닌데?"

사내가 어깨를 잡으며 시비를 걸자 영웅은 고개를 돌렸다.

세게 부딪힌 것도 아니고 살짝 걸린 정도였음에도 이들은 무언가 즐거운 건수를 잡았다는 표정으로 영웅을 바라보고 있었다.

"대답도 안 하네? 너 일반인이지?"

물어 오는 질문에 영웅이 고개를 끄덕였다.

"하! 일반인 주제에 자세가 영 아니네. 우리가 누군지 몰라?"

"크크크. 야, 벙어린가 본데? 입을 안 열잖아."

"아니면 너무 무서워서 목소리가 안 나오나?"

옆에 있던 다른 두 명의 남자가 시시덕거리며 말하자 어깨를 부딪혔던 남자가 인상을 쓰면서 말했다.

"병X들아, 눈깔이 삐었냐? 저게 어딜 봐서 겁먹은 표정이냐? 존나 개 띠껍게 쳐다보는데. 시바 잘하면 한 대 칠 것 같은 얼굴이구만."

남자의 말에 다시 영웅을 보니 정말이었다.

그들의 눈에 비친 영웅의 모습은 당장이라도 자신들을 칠 것 같은 표정으로 노려보고 있었다.

영웅이 나직한 목소리로 물었다.

"야, 노랑머리. 각성자가 일반인에게 이렇게 겁을 줘도 되는 거냐? 나는 안 된다고 알고 있는데?"

영웅의 물음에 영웅과 어깨를 부딪혔던 노랑머리가 어이가 없는 표정으로 대답했다.

"하! 어처구니가 없네? 아! 그걸 믿고 이리 당당하게 나오는 거냐? 왜? 여기가 협회라서 내가 널 못 건드릴 것 같냐?"

"야야, 저 자식 아직 사태 파악이 안 되나 보다. 새로 들어온 놈인가?"

"그런 거 같지? 야, 여기서 너 하나 죽여 버려도 아무도 몰라. 우리는 널 못 봤다고 우기면 그만이거든. 너 같은 일반인하나 사라졌다고 우리를 뭐라 하진 못해. 왜냐고? 그게 각성자의 특권이거든. 어때? 이제 좀 걱정이 되나?"

양아치 같은 말투로 자신을 협박하는 남자를 바라보며 영웅이 한숨을 쉬었다. 그 모습에 남자가 어이가 없는 표정을 지으며 자신의 이마를 감싸고는 말했다.

"와! 이렇게까지 얘기해 줬는데 정신 못 차리고 한숨을 쉬네. 이걸 어찌해야 하나?"

"마침 샌드백이 필요했는데 데려가서 샌드백으로 쓰자."

"야야, 그러다가 위에서 알면 어쩌려고. 대충 겁만 주고 보내자."

"알긴 뭘 알아. 윗분들은 지금 다가올 대격변 때문에 정신없고, 또 우리 같은 각성자가 가장 필요한 시기라서 함부로 못 해. 걱정하지 마."

"그래도……."

"겁나면 넌 저기 찌그러져 있어."

선을 넘는 것 같다고 느낀 한 사람이 이들을 말리자 말리는 남자를 밀치고는 다시 영웅에게 다가오는 노랑머리 남자였다.

"자, 널 어찌해야 할까?"

재미난 장난감이 생긴 아이 같은 눈으로 영웅의 위아래를 훑어보는 남자에게 영웅이 피식 웃으며 똑같이 물었다.

"나는 널 어찌해야 할까?"

"뭐?"

"넌 정신 상태가 썩은 것 같다. 좀 맞자."

"뭐? 푸하하하! 얘 말하는 거 들었……."

짜악-!

뺨에서 올라오는 충격에 고개가 돌아간 노랑머리는 잠시 이게 무슨 상황인지 파악하려 애썼다.

왜 자신의 얼굴이 돌아가 있고 뺨에서 고통이 느껴지는지 이해가 되지 않는 표정이었다.

고통스럽고 입가에서 피가 흘러내렸지만 남자는 태연하게 아무렇지 않은 표정으로 고개를 돌리며 말했다.

"어쭈? 제법 충격이 있는데? 평범한 인간은 아니다 이건가? 운동했냐? 어? 넌 이제 뒈졌어!"

단지 뺨 한 대였지만 끊임없이 올라오는 고통을 꾹 참고 허세를 부렸다.

그 모습에 영웅이 환한 미소를 지으며 말했다.

"어라? 버텨? 너 맷집이 좋구나?"

"머라구?"

점점 볼이 부풀어 오르면서 말이 어눌하게 나오기 시작했는데 그것을 눈치채지 못했는지 여전히 허세를 부리며 다른 쪽 뺨을 내밀고 있었다.

"또 혀바!"

그 모습에 영웅이 황당한 표정을 지었다.

볼이 탱탱 부어오르고 있고 누가 봐도 고통스러운데 오히려 반대쪽을 내밀며 때려 보라고 하는 것이었다.

"원한다면."

쫘악-!

콰당탕탕-!

반대편 뺨을 맞은 노랑머리는 구석까지 날아간 뒤에 일어나지 못하고 부들부들 떨었다.

잠시 그러더니 힘겹게 일어나면서 영웅을 바라보았다.

그 모습에 영웅이 호기심 가득한 얼굴로 노랑머리를 바라보았다.

맷집이 천부적으로 타고난 놈이었다.

무림 세상에서 가져온 금강패왕공(金剛霸王功)을 가르친다면 웬만한 놈들을 전부 씹어 먹고 다닐 것 같았다.

한마디로 인재였다.

그 전에 저 인성부터 뜯어고쳐야 할 것 같았다.

지금까지 자신이 교육을 해서 갱생하지 않은 악당이 없었다. 그 과정이 좀 험난하고 고통스럽긴 하지만 결국엔 세상에서 가장 정의롭고 착한 아이로 재탄생했다.

이제 저 노랑머리는 그 기나긴 과정을 거칠 예정이다.

허세를 부리는 바람에 발견된 자신의 재능 때문에.

영웅이 반짝이는 눈으로 노랑머리를 보고 있는데, 노랑머리가 영웅을 가리키며 뭐라고 중얼거리더니 그 자리에서 픽하고 쓰러져 기절했다.

털썩—!

그 모습에 주변에 있던 동료들이 우르르 달려가 노랑머리를 안아 들었다.

그러고는 그를 마구 흔들며 깨우려 했다.

"야! 정신 차려! 야야!"

"너 이 새끼! 사람이 방심한 틈에 공격하다니! 비겁하다!"

방심이라.

저리 생각하면 그냥 그러라고 놔두는 영웅이었다.

어차피 설명해 봐야 궤변이니 뭐니 하면서 지랄할 것이 뻔했다.

왜 항상 자신들이 당하면 저리 변명을 하는지 모를 일이었다.

"그래그래. 방심한 틈에 때렸다. 됐냐?"

"뭐?"

오히려 당당하게 인정하자 당황한 것은 노랑머리의 일행들이었다.

"각성자가 되었으면 정의롭게 약자를 위해 그 힘을 쓸 생각을 해야지. 나같이 연약한 일반인을 괴롭힐 생각이나 하고 말이야."

연약?

방금 그 연약한 일반인이 자신들의 동료를 기절시켰다.

각성자들 중에서도 유독 맷집이 좋기로 소문이 난 그들의 동료를 말이다.

그것도 특별한 기술을 사용한 것도 아니고 뺨 두 대로 기절을 시켰다.

그곳에 있던 각성자들은 영웅이 보통 인간이 아니라는 것을 느끼고는 기세를 끌어올리더니 일제히 공격을 시작했다.

"보통 놈이 아니다! 방심하지 말고 조져!"

"죽어!"

갑자기 달려 나온 한 놈이 자신의 손톱을 길게 만들더니 영웅을 향해 휘둘렀다.

파앙-!

슈각-!

하지만 그의 손톱은 영웅의 몸에 전혀 맞지 않았고 허공을 베고만 있었다.

슈각- 슈각-!

영웅이 계속 요리조리 피하자 이를 악물며 사정없이 자신의 손톱을 휘두르는 남자였다.

그런 남자를 지원하겠다며 다른 남자가 손바닥을 펼치더니 영웅을 향해 팔을 뻗었다.

"내가 돕겠다! 홀드!"

마법 계통인가 보다.

순간 영웅은 그것에 걸린 것처럼 연기를 했다.

원래 이런 애들이랑 놀아 줄 때는 이렇게 해야 더 재미난 법이었다.

"헉!"

"잡았다! 이 쥐새끼! 만변천괄참(萬變天刮斬)!"

영웅이 마법에 걸린 것으로 생각한 손톱 남자가 입가에 환한 미소를 지으며 기술을 시전했다. 순식간에 사방에 수백 개의 손이 생겨난 것처럼 환영이 생기더니 셀 수도 없이 많은 손톱이 영웅을 향해 쇄도했다.

슈아아아악-!

"크크크! 뒈져라!"

손톱의 잔상들이 그물 모양처럼 영웅의 몸을 휘감았고 이내 몸에 적중했다.

까가가가가강-!

그런데 분명히 사람을 때렸으니 고기 다지는 소리가 들려와야 하는데 쇠를 때리는 듯한 굉음이 들려왔다.

굉음과 함께 남자는 경악한 얼굴로 영웅을 바라보고 있었다.

"마, 말도 안 돼! 내 공격을 맞고도 머, 멀쩡하다고?"

경악하며 뒷걸음질을 치는 그때 손에서 고통이 일어났다.

"크윽!"

갑작스러운 고통에 자신의 손을 바라보았다.

그런데 존재해야 할 손톱이 보이지 않았다. 모조리 빠진 채로 손끝에서는 피가 흐르고 있었다.

눈으로 자신의 손톱이 모두 빠진 것을 확인하자 지금까지 단 한 번도 느껴 보지 못했던 고통이 밀려 들어왔다.

"끄아아아악! 가, 강철도 두부 자르듯이 베는 내 소, 손톱이! 끄으윽!"

쩌억-!

털썩-!

자신의 손을 붙잡고 고통의 비명을 지르다가 머리 쪽에 엄청난 충격을 받고 그 자리에서 기절해 버렸다.

"목소리 드럽게 크네, 진짜……. 이제 너 하나 남았냐?"

마법으로 영웅을 붙잡으려고 시도했던 남자가 손톱 남의 공격에도 멀쩡한 영웅을 보며 경악을 하고 있었다.

손톱 남의 마지막 공격은 자신도 막지 못하는 그의 필살기였다.

그것을 막은 것도 아니고 온몸으로 다 받아 내고도 멀쩡한 모습으로 웃고 있으니 기겁하는 것도 무리가 아니었다.

"다, 당신 정체가 뭐야?"

"나? 아까 니들이 말하지 않았냐? 다시 말해 줄게. 우연히 이곳에 들어온 물정 모르는 지극히 평범한 일반인."

"그걸 지금 믿으라고? 거, 거짓을 말하는 것 보니 협회를 쳐들어온 무리구나!"

역시 자기 생각하고 싶은 대로 하고 있었다.

"그래. 어차피 내가 뭘 말해도 믿지 않을 테니 네 맘대로 생각해라."

영웅의 말이 끝나기가 무섭게 남자가 무언가를 꺼내더니 그것을 찢었다.

그리고 기운을 끌어 모으더니 크게 확성해서 외쳤다.

"적이다!"

그러자 엄청난 굉음과 함께 적이라고 말한 내용이 그대로 울려 퍼졌다. 소리가 어찌나 큰지 지하에 있는 각성자들이 전부 들을 수 있을 정도였다.

효과는 확실했다.

사방에서 수많은 각성자가 몰려들었다. 얼마나 많은 인원
이 지하에 있었는지 얼추 수백은 되어 보였다.

모여든 각성자들은 이게 지금 무슨 상황인지를 파악하려
주변을 두리번거리고 있었다.

그렇게 소란스러운 와중에, 대머리에 이마에 긴 자상이 난
남자가 인파를 헤치고 나타났다.

"뭐야? 왜 이리 소란스러워? 방금 적이라고 외친 놈 누구
야!"

인상으로 각성자 등급을 정한다면 S급은 될 법한 인상을
가진 남자가 안 그래도 더러운 인상을 한껏 더 찡그리며 물
었다.

그 물음에 방금 적이라고 외쳤던 남자가 두려움이 가득한
얼굴로 영웅을 가리키며 말했다.

"부, 부조장! 저, 저자가 수, 수상해서 말입니다!"

"성용이 너였냐? 그런데 수상한 사람?"

부조장이라 불린 남자가 영웅을 바라보며 고개를 갸웃거
렸다.

"아무리 봐도 일반인인데?"

"가, 강합니다! 민호와 정민이가 당했습니다!"

"뭐? 정민이는 그렇다 쳐도 민호가 당했다고? 그 맷집 좋

평행세계
먼저깬

은 놈이?"

"저, 저기 기절까지 했습니다."

성용이라 불린 남자가 가리키는 곳을 보니 두 볼이 퉁퉁 부은 채로 거품을 물고 기절한 남자가 눈에 들어왔다.

영웅이 맷집이 좋다며 콕 찍은 남자였다.

"세상에……. 진짜네? 민호가 기절을 했어? 저 괴물 맷집을 가진 놈이? 저놈은 특성도 금강인데……."

부조장은 놀란 눈으로 영웅을 바라보았다.

확실히 평범한 사람은 아니었다.

부조장이 날카로운 눈빛을 보내며 물었다.

"당신은 누구지?"

"하아, 오늘 이 말 여러 번 하네. 이마에 써 붙이고 다녀야 하나. 나 여기에 우연히 들어온 일반인."

영웅의 말에 부조장이 자신도 모르게 웃으며 말했다.

"하하하하! 재밌네. 저기 저 둘을 쓰러뜨렸다고 기세가 좀 오르나 보지?"

"그래그래, 뭐 그렇다고 하자."

영웅이 양손을 들고는 어깨를 으쓱했다.

그 모습이 거슬렸는지 부조장이란 자가 입을 열었다.

"어디서 한 수 재간을 배워 왔나 본데, 일반인이 아무리 강해져 봐야 일반인이다. 그것을 오늘 확실하게 깨닫게 해 주지!"

"아! 깨닫게 해 준다니까 생각났는데……. 그거 내가 할 말인데?"

"뭐?"

"오늘 확실하게 깨닫게 해 줄게. 각성자들이 해야 할 일에 대해서 말이야."

"하하하하! 미친놈!"

후웅—!

부조장이라 불린 자가 순식간에 영웅의 눈앞까지 이동하며 얼굴을 향해 자신의 팔꿈치를 휘둘렀다.

퍼억—!

"커헉!"

공격은 자신이 했는데 고통이 느껴졌고 정신을 차리니 이미 바닥에 주저앉은 상태였다.

다시 일어나려 했지만 그럴 겨를이 없었다.

빠악—!

"켁!"

영웅의 발 차기에 다시 뒹구는 부조장이었다.

"부, 부조장님!"

"빌어먹을! 우리가 모르는 특수한 아이템을 착용이라도 한 건가?"

"일단 잡아! 잡아서 족치다 보면 알겠지!"

"다들 저 새끼 잡아!"

부조장이 그렇게 당하자 주변에 있던 각성자들이 전부 영웅을 향해 달려들기 시작했다.

다들 살기 가득한 모습으로 당장이라도 영웅을 찢어 죽일 듯한 기세로 달려오고 있었다.

그 모습에 영웅이 크게 심호흡을 하면서 중얼거렸다.

"간만이네. 이런 분위기."

추억이라도 떠올랐는지 기분 좋은 미소를 지으며 자신을 향해 덤벼 오는 각성자들을 바라보며 중얼거렸다.

"오늘은 간만에 옛날 스타일로 놀아 볼까?"

그러고는 이가 드러내도록 환하게 웃었다.

그 모습에 달려드는 각성자들은 온몸에 소름이 돋는 걸 느꼈다.

몸이 지금이라도 늦지 않았으니 어서 도망가라고 말하는 것 같았다. 하지만 달려오던 각성자들은 그것을 애써 무시했다.

처음 겪는 상황에 자신들이 잠시 당황한 거라고 생각했다.

그리고 이들은 그 생각을 후회하게 된다.

투가가가가가각-!

영웅을 향해 달려가던 각성자들은 무언가 작살이 나는 소리와 함께 마치 인간 폭죽이 터지는 것처럼 사방으로 튕겨 나갔다.

쿠당탕탕탕-!

콰당탕탕-!

사방에서 구르고 떨어지는 소리가 들려왔다.

수백에 달하는 각성자들이 덤볐음에도 영웅의 몸에 손 하
나 댈 수 없었고, 오히려 그의 번개처럼 빠른 공격에 전부 나
가떨어졌다.

그나마 맷집이 좋아서 버틴 각성자들이 다시 일어나 공격
을 감행했지만 소용없는 일이었다.

결국, 그곳에 있던 각성자들이 전부 나가떨어져서 쓰러졌
다.

우두둑- 빠각-!

그리고 이어지는 섬뜩한 소리에 바닥에 쓰러진 각성자들
이 눈을 번쩍 떴다.

생존 본능이 그들의 정신을 재빨리 돌아오게 만든 것이다.

하지만 늦었다.

소리의 정체가 무엇인지 깨달았을 때는 이미 늦었다.

으직- 뚜둑- 빠지직-!

"끄아아아아악!"

"아아악!"

"끼에에엑!"

사방에서 비명이 난무했고, 그 비명이 무엇 때문에 나오는
것인지 확인한 다음 타자들은 끔찍한 장면에 비명을 질렀다.

"으아아악!"

"아, 악마다!"

"사, 살려 줘!"

그들이 본 광경은 영웅이 즐거운 미소를 지으며 바닥에 쓰러진 각성자들의 뼈를 박살 내는 장면이었다.

영웅이 지나간 자리에는 기이한 형태로 꺾인, 인간이었던 무언가가 비명을 지르고 있었다.

어떤 이는 어찌나 크게 비명을 질렀는지 각혈을 하기도 했다.

쓰러진 각성자들이 할 수 있는 것은 없었다.

그저 공포에 휩싸인 채 악마가 자신에게 다가오는 것을 바라볼 수밖에 없었다.

저항해 보려 했지만, 몸이 말을 듣지 않았다.

호랑이를 만나서 눈을 마주치면 몸이 굳어 움직이지 못한다는 말을 들은 적이 있었다.

각성자들은 그 이야기를 들으며 웃었다. 왜냐하면 자신들이 바로 그 호랑이라 생각하고 있었기 때문이었다.

이제껏 자신들이 포식자고 세상의 정점이라 생각을 하며 살아왔다.

그러나 지금은 아니었다.

지금 자신들의 앞에 포식자가 있었고 자신들은 아무것도 할 수가 없었다.

포식자 앞에서 굳어 버린 몸은 움직이라고 간절하게 외치는 주인의 명령을 철저하게 거부했다.

그들을 더욱 공포에 빠지게 한 것은 각성자들의 뼈를 아작 내면서 하는 영웅의 말이었다.

"하하. 간만에 아작 내니까 이것도 재밌네, 재밌어."

악마라는 수식어도 부족한 인간이었다.

그들은 간절하게 빌고 또 빌었다.

자신들을 저 악마의 손에서 구원해 준다면 착하게 살겠다고 다짐하면서 말이다.

그런 그들의 외침에 하늘이 감동하여 응답한 것일까?

"이게 뭐야?"

"적이냐!"

뒤에서 들려오는 목소리.

이곳에 쓰러져 있는 자들의 각 조 조장들이었다.

선택받은 능력을 지닌 자들.

그들은 지금 이곳에 있는 다른 자들과 능력 자체가 다른 이들이었다.

"멈춰라!"

그 소리에 영웅은 하던 일을 멈추고 뒤를 돌아보았다.

그곳에는 다섯 명의 남자가 영웅을 죽일 듯이 노려보며 서 있었다.

이들의 등장에 영웅에게 당하고 있던 수많은 각성자의 눈에 희망이 싹트기 시작했다.

이제 자신들의 조장이 저 빌어먹을 놈을 단숨에 제압하고 자신들에게 던져 줄 것이라 믿어 의심치 않았다.

"이야, 쟤들이 나타나니까 기세등등해졌네? 응?"

영웅이 능글거리며 말하자 조장들 중 한 명이 영웅을 향해 듣기만 해도 소름이 돋을 것 같은 목소리로 나직하게 말했다.

"네놈 뭐냐? 이곳이 어딘지 알고 이러는 것이냐."

음산한 목소리로 경고를 하는 조장을 바라보던 영웅은 그중 한 명에게 시선이 갔고 반가운 표정을 지으며 손을 흔들었다.

"어! 너는? 안녕? 반갑네? 그동안 잘 있었어?"

다섯 명의 남자들 중심에 있는 남자를 가리키며 친한 척을 하자, 가운데에 있던 남자가 자신을 손가락으로 가리키며 물었다.

"나?"

"응! 너."

"나는 너를 모르는데?"

남자가 고개를 갸우뚱하며 되묻자 영웅이 옆에 쓰러진 놈의 옷을 찢어 얼굴에 묻은 피를 닦으며 말했다.

"그새 잊었구나? 보통 나를 한번 보면 잊지 못하던데. 아닌가? 얼굴에 묻은 피 때문인가?"

영웅이 얼굴을 닦으며 계속 말하자, 어디선가 들어 본 목소리라는 것을 생각해 낸 남자였다.

그 순간 온몸에 소름이 쫘악 하고 올라오면서 그 소름이 뇌를 관통하는 순간 떠올랐다.

그동안 잊고 있었던 악몽의 시간을.

다시는 기억하고 싶지 않은 악마의 모습을 말이다.

"서, 설마……."

떨리는 목소리로 제발 아니기를 바라며 피를 다 닦고 맨얼굴을 보여 주는 영웅을 바라보았다.

"헉!"

자신이 알고 있는 그 사람이 맞았다.

꿈에서도 잊히지 않는 그 얼굴.

아직도 자다가 놀라서 벌떡 일어나 식은땀을 한 바가지씩 흘리게 만드는 악마.

그 공포의 악마가 바로 자신의 눈앞에 서 있었다.

"표정을 보니 이제 기억이 나나 보네? 그 창고에서의 추억을 벌써 잊은 거야? 이거 좀 섭섭한데?"

영웅의 말에 가운데에 있던 남자의 동공이 세차게 흔들리기 시작했다.

그리고 연신 뒷걸음질을 치며 입을 덜덜 떨기 시작했다.

"뭐야? 아는 사람이야?"

"야, 너 왜 그래? 정신 차려."

지목을 당한 남자는 주변 사람들의 말이 들리지 않는지 영웅을 바라보며 겁을 잔뜩 집어먹은 표정을 하고 있었다. 그런 그를 보던 주변에 있던 각성자들은 고개를 갸웃거리며 그의 몸을 잡고 흔들며 물었다.

"야, 일진! 정신 차려! 너 왜 이러는 거야?"

지목당한 남자의 이름은 일진이었다.

일진은 주변의 각성자 친구들이 자신을 잡자 화들짝 놀라며 몸부림을 치기 시작했다.

"아, 아니야! 나, 나는 여, 여기서 나, 나갈래!"

"미쳤어? 갑자기 왜 이러는 건데? 설마…… 저기 저놈 때문이냐?"

"뭐야? 너 저런 일반인한테 겁먹은 거냐? 정신 차려."

다른 조장들의 말에 일진은 일순간 움직임을 멈추고 주변을 둘러보았다. 그곳에는 전국에서 올라온 엘리트 각성자들이 자신을 바라보며 서 있었다.

그것을 보니 공포감이 가라앉으며 조금씩 용기가 샘솟았다.

'그래! 지금은 그때와 다르다. 나는 강해졌고 내 옆에는 나와 비슷한 힘을 가진 동료들이 있다. 겁먹지 말자! 거기에 이곳은 각성자 협회다!'

과거의 지독한 악연을 끊어 낼 기회라 생각을 한 것이다. 인생을 살아가는 중에 나오는 수많은 갈림길 중에서 절대로 선택해서는 안 될 길을 선택하고 마는 일진이었다.

"그때 이름이……. 되게 웃긴 이름이었는데. 맞아! 일진이 었네. 이름이 일진이었어! 이름이 뭐냐고 물었는데 자꾸 일 진이라고 대답해서 반항하는 줄 알았지. 하하."

아련한 표정으로 남자, 일진을 바라보는 영웅이었다.

"닥쳐라! 그때는 내가 방심했었다! 마침 잘됐네. 그때의 복수를 해 주겠다!"

일진이 당당하게 앞장서며 말했다.

그 모습에 영웅이 의외라는 표정으로 말했다.

"오호! 확실히 그때 내가 맘이 약해져서 살살 했던 것이 분명하네. 이렇게 팔팔하게 대드는 것을 보니."

일진의 색다른 반응에 즐거워하는 영웅을 보며 일진은 자 신이 뭔가 잘못하고 있다는 느낌을 받았다.

그 순간 자신의 옆에 있던 각성자 중 하나가 침을 뱉더니 짜증을 내면서 앞으로 나섰다.

"퉤! 다들 여기서 고사 지내냐? 우리가 언제부터 말로 떠 들었다고 저 새끼가 하는 소릴 듣고 있어! 아무도 나서지 않 으니 내가 직접 나서지!"

퓨웅-!

말이 끝남과 동시에 순식간에 영웅이 있는 곳으로 몸을 이 동한 남자가 비릿한 미소를 지으며 손을 들었다.

차캉-!

괴이한 소리와 함께 손가락이 굵게 변하고 손톱이 마치 맹

평행세계
던처킨

수의 그것처럼 길게 튀어나왔다.

"크큭, 죽어라! 데빌스 클로!"

맹수의 발톱처럼 변한 손이 영웅의 머리를 향해 맹렬한 속도로 움직였다.

이제 저 머리는 손톱이 지나간 모양으로 파이고 터져 나갈 것이다.

다들 그렇게 확신을 하고 싱겁다고 생각하려는 순간이었다.

"쓥! 끝났네."

"에이씨. 내가 나설걸."

까강-!

"응? 무슨 소리지?"

끝이라고 생각하고 있을 그때, 살이 파이는 소리가 아닌 금속이 부딪치는 소리가 들려왔다.

"크흑!"

소리가 들려온 곳을 바라보니 공격을 했던 남자가 고통스러운 신음을 내며 뒤로 튕겨 나가 한참 뒤로 밀려 나 있었다.

그 모습에 다들 방금 무슨 일이 있었는지 어리둥절하며 양쪽을 번갈아 보고 있을 때, 영웅의 입에서 싸늘한 목소리가 흘러나왔다.

"내가 정말로 일반인이었다면 방금 그 공격으로 죽었겠지. 너는 정말로 나쁜 놈이구나."

뿌드득―!

"끄아아아아악!"

음성이 들려옴과 동시에 고통에 찬 비명도 동시에 들려왔다. 사람들은 자신들도 모르게 남자가 쓰러져 있던 곳으로 고개를 돌렸고 그곳에는 어느새 영웅이 이동해서 자신을 공격한 남자의 팔을 기이한 모양으로 꺾어 놓은 상태였다.

문제는 영웅이 언제 이동을 하고 언제 손을 잡아 꺾었는지 본 사람이 한 명도 없다는 것이다.

"봐, 봤어?"

"아, 아니 언제 움직였는지도 못 느꼈어……."

둘의 대화에 일진은 과거의 악몽이 다시 떠오르며 몸이 반응하기 시작했다. 자신이 선택을 잘못한 것이 아닌가 하는 공포가 다시 스멀스멀 올라왔다.

그리고 과거에 들었던 악마의 웃음소리와 함께 꿈에서도 잊히지 않던 끔찍한 소리가 일진의 귓속으로 파고들었다.

우두둑―!

뼈가 으스러지는 소리에 일진은 자신도 모르게 온몸을 부르르 떨었고, 식은땀을 흘리며 자신의 동료가 당하는 장면을 바라보았다.

"끄아아악!"

한편, 영웅에게 잡힌 남자는 고통스러워하며 벗어나기 위해 자신이 할 수 있는 모든 공격을 영웅에게 연신 퍼부었다.

까가가가강—!

있는 힘을 다해 저항을 하며 공격했지만, 영웅의 몸에 그 어떤 상처도 입히지 못하고 있었다.

남자는 공포에 질린 표정을 한 채 마지막으로 영웅의 눈을 공격했다.

까강—!

그 순간 남자의 눈에 선명하게 보였다.

자신의 날카로운 손톱이 영웅의 망막을 뚫지 못하고 오히려 부러지는 광경을 말이다.

공격한 사람은 고통스러워하는 반면, 눈을 공격당한 영웅은 오히려 아무것도 느껴지지 않는 표정으로 미소를 지으며 자신의 눈을 공격한 손을 잡아 손가락뼈를 하나하나 부러트리기 시작했다.

그런 짓을 하는 영웅의 눈은 오히려 평온했고 입가에는 즐거운 듯 미소가 가득했다.

그것이 그곳에 있는 사람들에게 더 큰 공포를 안겨 주었다.

지하 수련장에 있는 수많은 각성자가 한 인간을 상대로 쉽사리 움직이지도 못하고 굳어 버린 것이다.

쾅—!

그때 누군가가 발로 바닥을 세게 차며 분위기를 바꾸었다.

"다들 정신 차려! 동료가 당하고 있잖아!"

파악-!

바닥을 발로 차 사람들의 정신을 차리게 만든 장본인은 영웅의 손에 고통을 받고 있는 동료를 구하기 위해 달려 나갔다.

그리고 자신의 등에 있는 본인 몸만 한 도를 꺼내어 그곳에 기운을 불어 넣었다.

"이! 악독한 놈! 멈춰라! 황룡압쇄!"

어느새 도의 표면에 노르스름한 기운이 생성되어 있었다. 남자는 그것을 위에서부터 아래로 내려치기 시작했다.

도에서는 엄청난 압력이 느껴지기 시작했고 그로 인해 어마어마한 풍압이 불어왔다.

후웅-!

그리고 한순간에 응축된 기운이 영웅을 압박해 갔다. 보통이라면 저 엄청난 압력에 의해 짜부라지거나 그것을 견디지 못하고 무릎을 꿇었겠지만, 영웅은 아무렇지도 않은 듯 무덤덤한 표정으로 자신을 향해 날아오는 기운을 향해 하루살이 쫓듯이 팔을 휘저었다.

핑-!

"헉!"

단순히 팔을 휘저었을 뿐인데 도를 휘두르던 남자는 저항할 수 없는 거센 무언가에 맞은 듯이 힘없이 구석까지 날아가 처박혔다.

쿠당탕탕-!

"크헉!"

구석에 처박힌 남자는 충격으로 인해 피를 토해 내며 고통스러워했다.

피를 쏟는 남자를 바라보던 영웅이 손바닥을 펼치더니 그 자세 그대로 남자가 했던 동작 그대로 따라 했다.

"이렇게 했었나? 황룡압쇄?"

후웅-!

그 순간 거대한 모양의 도가 공중에서 모습을 드러내더니 이내 남자가 있는 곳을 덮치기 시작했다. 남자는 그 모습을 보며 놀랄 새도 없이 황급하게 입가의 피를 닦으며 몸을 움츠렸다.

"크흑! 황룡권곡!"

남자가 피할 시간도 없이 다급하게 자신의 몸을 움츠리자 공 모양의 강기막이 형성되었다. 그 모습이 마치 공벌레가 몸을 동글게 말고 있는 것 같았다.

이 방어 기술은 이 남자가 가장 자신 있어 하는 기술이었고 믿었다.

자신보다 윗급인 각성자의 공격도 문제없이 방어할 수 있는 기술이었기 때문에, 무난하게 영웅의 공격도 방어가 가능하다고 믿었다.

문제는 남자를 공격하는 사람이 그가 알고 있는 각성자들

수준이 아니라는 것이었다.

파캉-!

무언가 산산이 조각나는 소리와 함께 공처럼 몸을 말고 있던 남자는 정말로 공처럼 다시 다른 곳으로 튕겨 나갔다.

퍼억-!

다른 쪽 벽에 강하게 부딪히며 몸이 쫙 펴졌고 이내 바닥으로 굴러떨어지며 피를 토하고 고통스러운 얼굴로 꿈틀거렸다.

"쿨럭!"

이 모든 상황이 정말로 순식간에 벌어진 상황이었다.

연신 피를 토해 내던 남자는 믿을 수 없다는 표정으로 영웅을 바라보며 중얼거렸다.

"헉헉! 서, 설마……. 내 기술을, 한 번 보고 그대로 따라 한 건가?"

남자의 중얼거림에 남자를 따라서 영웅을 치려 했던 다른 각성자들이 그 자리에 멈춘 채 움찔했다.

말도 안 되는 소리라고 외치고 싶었지만, 자신들도 보지 않았는가. 방금 그 말도 안 되는 장면을 말이다.

이 엄청난 광경에 몇몇 각성자들이 도망을 가기 시작했고 이내 그 수는 점점 더 늘어났다.

그 모습을 본 영웅이 한쪽 입꼬리를 올리며 중얼거렸다.

"어딜 도망가려고? 안 되지."

그러고는 손가락을 튕겼다.

딱–!

그 순간 그곳에 있는 그곳에 있는 모든 이의 움직임이 멈추었다.

순식간에 몸이 굳어 버리자 사람들이 당황하며 움직이려 애를 쓰기 시작했다.

"큭! 가, 갑자기 이게 무슨?"

"모, 몸이 움직이질 않아!"

"이익! 우, 움직여! 움직이란 말이야!"

다들 당황하며 혼란스러워하는 가운데, 과거 영웅에게 당했었던 일진은 울상이 된 얼굴로 자신의 선택을 후회하고 있었다.

"내, 내가 무슨 짓을……. 아, 아까 그냥 도망갔어야 했는데!"

후회해 봐야 늦었다.

과거를 후회하며 자책하고 있던 그때, 모든 이의 귀에 영웅의 목소리가 아주 또렷하게 들려왔다.

"다들 급한 일 없지? 시간이 좀 걸리더라도 전부 다 이뻐해 줄게. 걱정하지 마. 자, 누구부터 시작해 볼까?"

자신들을 바라보며 입술을 핥고서는 환한 미소를 짓는 영웅을 보며, 그들은 무언가가 잘못돼도 크게 잘못되었음을 깨달았다.

그리고 그 깨달음이 너무 늦었다는 사실까지도.

⚜

새로 들어오는 각성자들을 담당하는 담당자들은 주로 AAA급이거나 S급에 살짝 걸친 자들이 맡고 있었다.

처음에 이들은 누구보다 열심히 그들을 교육하고 훈련을 시켰다. 하지만 협회가 커지고 자신들의 입지도 올라가자 이들은 다른 마음을 먹었다.

신입 각성자들을 제일 먼저 만난다는 이점을 이용해서 그들을 자신들의 라인으로 끌어들이는 일이다.

그렇게 이들은 조금씩 각자 세력을 불려 나갔고 결국 오늘에 이르게 되었다.

이들은 지하 수련실에서 일어나는 일에는 크게 신경을 쓰지 않는다. 알아서 내버려 두면 자연스럽게 서열이 정해지고 그들만의 체계가 잡히기 때문이다.

체계가 잡히면 서열에 따라 차등적으로 포섭하면 되는 일이니 일도 쉬웠다.

그렇게 꿀을 빨면서 자신들의 세력을 키워 가고 있었는데, 처음 보는 자가 갑자기 나타나 지하 수련실을 평정했다는 것이었다.

이 소식에 모든 것을 내팽개쳐 두고 내려온 담당자들은 눈앞에 펼쳐진 풍경에 입을 다물지 못한 채 바라만 보았다.

수많은 각성자들이 어깨동무를 한 채로 앉았다 일어서기를 반복하며 구호를 외치고 있었다.

"우리는!"

"정의다!"

"우리는!"

"정의다!"

그렇게 구호를 외치며 앉았다 일어섰기를 반복하는 그들의 앞에는 영웅이 서 있었다.

"목소리가 작네? 내가 이쁨을 덜 주었나? 분명히 하나하나 정성껏 준 거 같은데?"

영웅의 한마디에 그곳에 있는 모든 각성자들이 머리를 미친 듯이 좌우로 흔들고 격하게 반응하며 목이 터질 정도로 크게 외쳤다.

"아, 아닙니다! 시정하겠습니다!"

얼마나 크게 소리를 질렀는지 거대한 돔 형태의 지하 수련장이 쩌렁쩌렁 울릴 정도였다.

"좋아! 더 크게."

"우리는!"

"정의다!"

"뭐라고?"

"우리는!"

"정의다!"

영웅의 말에 목청껏 소리를 치며 구호를 외치는 각성자들이었다.

그 모습을 본 담당자들은 멍하니 그것을 쳐다보다가 인상을 찡그리기 시작했다.

자신들이 만들어 놓은 세상을 미꾸라지 한 마리가 기어들어 와서 망쳐 놓았기 때문이었다.

영웅은 협회에서도 연준혁과 연준혁의 측근만 알고 있는 극비의 인물이었다.

영웅에 대한 정보도 연준혁이 모두 통제하고 있었기에 협회 내에서도 연준혁의 측근과 화이트 웜홀에 관련된 자 외에는 알고 있는 자가 많이 없었다.

만약에 영웅에 대해 알았다면 이들은 오늘 같은 선택을 하지 않았을 것이다. 영웅을 몰랐다 하더라도 이곳에 있는 각성자들이 잔뜩 겁을 먹은 모습으로 저렇게 일사불란하게 움직이는 것을 눈여겨보았어야 했다.

이곳에 있는 각성자들을 모조리 제압했다는 것은 그만큼 강하다는 소리였으니까.

하지만 이들에게도 믿는 구석은 있었기에 이렇게 당당하게 행동할 수 있었다.

"야!"

우렁찬 고함이 넓은 지하 공동에 울려 퍼졌다.

갑작스러운 고함에 그곳에서 앉았다 일어서기를 반복하던 각성자들뿐 아니라 영웅까지 소리가 난 곳으로 고개를 돌렸다.

"너희들, 뭐 하고 있는 거야?"

자신들의 담당자들이 나타난 것을 확인한 각성자들은 어찌해야 하나 안절부절못하는 모습을 보였다.

담당자들에게 달려가자니 자신들의 눈앞에 있는 영웅이 너무도 무서웠다.

그런 이들의 마음을 눈치를 챈 영웅이 웃으며 나긋하게 말했다.

"가 봐. 어찌 되나 나도 궁금해진다."

영웅의 말에 다들 몸을 부르르 떨었다.

하지만 저기에 있는 담당자들 역시 약한 자들이 아니었다.

'어쩌면'이라는 생각이 머릿속에 떠오르기 시작한 것이다.

결국, 일부가 눈치를 살피며 담당자들이 있는 곳으로 이동했다. 그런데도 영웅이 별 반응을 보이지 않자 그 수가 점차 늘어났다.

영웅은 그 모습을 팔짱을 끼며 바라볼 뿐이었다.

시간이 지나자 대부분이 담당자들의 뒤로 이동해서 몸을 움츠리고 있었고 몇 남지 않은 각성자들은 조용히 영웅의 앞으로 걸어갔다.

"저, 저희는 이곳에 있겠습니다."

일진이 부들부들 떨면서 영웅에게 말하자 일진과 같이 남은 나머지 각성자들이 영웅을 바라보며 일진과 자신들의 생각이 같다며 고개를 끄덕였다.

그 모습에 영웅이 피식 웃고서 그들의 어깨를 톡톡 치며 말했다.

"그래? 자식들. 나름 감동인데? 너희는 저기에 가서 앉아 쉬어라. 너희는 이제부터 특별 대우다."

6장

영웅의 말에 감격한 표정으로 연신 감사 인사를 하며 영웅
이 말한 구석으로 달려가는 각성자들이었다.

그런 그들을 보며 담당자들이 비웃었다.

"뭐야? 저 병신들은?"

"냅 둬. 차라리 잘되었지. 저런 병신들은 걸러 낼 수 있게
되었으니."

"이제 저기 멋모르고 날뛰던 새끼만 잡아 족치면 되겠네."

"그래도 조심해. 여기 애들이 등급이 설익었다고 해도 다
제압한 놈이야."

담당자들이 영웅을 빙 둘러싸고는 일제히 살기를 내뿜기
시작했다.

담당자들이 내뿜는 살기가 얼마나 진하고 패도적이었는지 그곳에 있던 다른 각성자들이 고통스러워하며 최대한 멀리 물러나기 시작했다.

"크큭! 너 뭐냐?"

　담당자들 중 한 명이 영웅을 바라보며 묻자 영웅이 한숨을 쉬며 말했다.

"너희는 눈치가 없는 거냐? 아니면, 자신들의 능력을 과신하는 거냐?"

"뭐?"

"아니, 생각을 해 봐. 저기 저놈들이 아무리 약해도 AA급들이 태반인데 나에게 털리고 기합을 받고 있잖아. 그럼 내가 좀 무서운 인간이라는 느낌이 안 드니?"

　그 말에 담당자들이 영웅을 바라보며 말했다.

"뭔가 술수를 부렸을 수도 있지. 실수는 네가 한 거다. 이곳은 협회다. 협회 내에서 난동은 곧바로 제명이다."

"제명을 당하면 어디를 가도 너는 각성자 대접을 받지 못하지. 그 제명을 정하는 건 바로 우리고. 어때? 이제 알겠어? 네가 얼마나 큰일을 저질렀는지?"

　바로 저거였다.

　저들이 이곳의 상황을 보고도 당황하지 않고 당당했던 이유.

　이들은 영웅이 당연히 각성자라 생각한 것이다. 각성자들은 대부분이 협회에 등록되어 있었고, 특히나 한국에서는 그것이 당연했다.

그것은 아무리 세력이 강한 길드여도 반드시 지켜야 하는 불문율이었다.

각성자 협회에 등록이 되지 않은 자들은 자신의 힘을 쓰는 순간 제재를 당한다.

그래서 제명된 이들이 가는 곳이 바로 어둠의 단체들이었다.

영웅이 박살을 낸 블랙맘바가 대표적인 예였다.

"그래도 제법 능력은 있는 것 같으니 지금이라도 늦지 않았다. 우리 앞에 무릎을 꿇고 용서를 빈다면 없던 것으로 해 주지."

"크큭. 생각해 보니까 저들을 모조리 제압할 정도의 능력을 갖춘 놈을 왜 우리가 모르고 있었지?"

담당자들은 영웅이 각성자라 확신했고, 자신을 힘을 숨기고 있다가 지금에서야 그 힘을 드러낸 것이라 생각했다.

하지만 그것은 크나큰 오산이었다.

영웅이 비웃는 표정을 지으며 그들에게 자신의 정체를 말해 주었다.

"나 각성자 아닌데? 제명은 당연히 일반인이니 못 할 것이고 각성자도 아닌 일반인을 공격하면 오히려 너희가 제재를 받는 거 아니냐?"

영웅의 말에 담당자들이 소리쳤다.

"뭐? 말도 되지 않는 하지 마라! 일반인이 이렇게 강하다고?"

"각성자도 아닌데 이들을 전부 때려눕혔다고? 지금 그 말을 우리더러 믿으라는 소리는 아니겠지?"

"오냐! 내가 직접 확인해 보겠다! 일반인인지 아닌지 말이다!"

이들은 동시에 영웅을 향해 공격을 퍼부으려고 자세를 잡았다.

그리고 한 발을 앞으로 내딛는 그 순간, 등 뒤에서 싸늘한 목소리가 들려왔다.

"그분은 내 손님이다."

북풍한설과 같은 한기가 느껴질 정도의 목소리에 다들 움찔하며 움직임을 멈추고 뒤를 돌아보았다.

그곳에는 협회장이자 한국 최강의 각성자인 연준혁이 무서운 얼굴로 담당자들을 노려보고 있었다.

담당자들은 갑작스러운 연준혁의 등장에 다들 몸을 움츠리며 침을 꿀꺽 삼키고 고개를 숙였다.

자신들이 제아무리 날고 긴다고 해도 상대가 연준혁이라면 이야기가 달랐다.

자신 같은 자들이 아무리 많아도 연준혁에게는 상대가 되지 않았다. 그것이 SSS급의 위상이었다.

하지만 이들은 모르고 있었다. 연준혁은 이미 프리레전드에 올라갔다는 사실을 말이다.

아직 공표한 것이 아니기에 아는 이가 많지 않았다.

연준혁이 손님이라고 한 것을 들은 담당자들의 표정이 썩어 들어갔다.

그는 자신의 손님에게 결례를 범하는 것을 매우 싫어하는 인간이었다. 담당자들은 어찌 되었든 이 상황을 벗어나야 했기에 연준혁에게 자신들이 왜 이곳에 있는지 변명하기 시작했다.

"혀, 협회장님! 이, 이곳은 어찌?"

"저, 저분이 손님이셨습니까? 저, 저희는 그것도 모르고."

"죄, 죄송합니다만. 소, 손님분께서 먼저 실수를 하셨습니다."

담당자들의 말에 연준혁의 눈썹이 꿈틀거리며 자신의 기세를 발산하기 시작했다.

연준혁이 인상을 굳히며 엄청난 기세를 내보이자 그곳에 있던 담당자들은 침을 꿀꺽 삼키며 몸을 부르르 떨었다.

'젠장, 역시 SSS급이다.'

'기세 하나로 우리 전부를 이렇게 위축되게 만들다니. 괴물이군.'

하지만 이들은 연준혁의 기세에 굴복하지 않고 연준혁의 움직임 하나하나에 긴장하며 말을 이어 나갔다.

여기서 물러났다가는 어떤 사달이 일어날지도 몰랐으니 일단 최대한 영웅에게 죄를 뒤집어씌워야 했다.

"저분께서 이, 이곳에 함부로 침범하신 것도 모자라 훈련 중이던 수련생들을 구타하고 자기 입맛대로 기합을 주고 있었습니다."

"마, 맞습니다! 그래서 저희는 그것을 정리하기 위해 내려온 것입니다."

"저기 아이들에게 물어보십시오. 사실입니다."

담당자들은 자신들의 뒤에 서 있는 각성자들을 바라보며 말했고, 뒤에 서 있던 담당자들은 일제히 입을 모아 그렇다고 대답했다.

그 합창에 담당자들은 속으로 회심의 미소를 지었다.

이렇게 많은 이들이 전부 다 저자를 몰아세우고 있는데 협회장이 어찌하겠는가.

협회장은 규율을 어기는 것을 누구보다 싫어했고 원리 원칙을 철저하게 지키는 원칙주의자로 정평이 나 있었다.

제아무리 중요한 손님이라고 해도 연준혁의 성격상 쉽게 넘어가지는 않을 것이라는 생각이었다.

연준혁이 저자를 끌고 나가면 감히 자신들을 버리고 저자의 뒤에 선 각성자들을 직접 조지겠다는 생각까지 하고 있었다.

"정말입니까?"

연준혁이 영웅에게 물었다.

"뭐, 믿고 싶은 대로 믿어."

영웅의 말에 담당자들이 회심의 미소를 지었다.

할 말이 없으니 저렇게 대답한 것이라 생각했다.

"알겠습니다."

이어서 연준혁이 한 행동에 그곳에 있는 모든 이들이 놀랐다. 천하의 협회장이 허리를 직각으로 숙이며 대답하고 있었다.

한국을 대표하는 자리에 있는 자신이라며 그 누구에게도 허리를 숙이지 않던 그였다.

그런 그가 허리를 살짝 숙인 것도 아니고 직각으로 숙이며 대답했다.

이것이 무엇을 뜻하는 것인가.

"주군!"

이어서 나온 연준혁의 말에 지하 공동은 순식간에 고요해졌다.

숨소리 하나 들리지 않을 정도의 적막이 그곳에 내려앉았다.

이윽고 하나둘씩 손을 들어 자신의 귓구멍을 파기 시작했다.

아무래도 귀지가 많이 쌓여서 헛것을 들은 것이라 느낀 모양이다.

담당자들은 그럴 생각도 못 한 채 턱이 빠질 정도로 입을 크게 벌리고 침을 뚝뚝 떨어뜨리고 있었다.

　주군이라니.

　말도 안 되는 소리가 연준혁의 입에서 흘러나온 것이다.

　사극에서나 들었을 법한 단어가 지금 협회장의 입에서 튀어나온 것이다.

　"너 그거 비밀 아니냐? 천하의 협회장에게 주군이 있으면 사람들이 널 따르겠어?"

　"하하, 뭐 어떻습니까? 다 저보다 약한 놈들인데요. 지들이 안 따르면 어쩌겠습니까? 뒈지려고요. 그리고 주군을 주군이라 부르지 못하는 것이 저에겐 더 큰일입니다."

　"그래. 저기 저 세 놈은 협회에 있어서는 안 될 놈들 같다. 그리고 저놈들 뒤에 서 있는 저것들도."

　영웅이 가리키는 곳을 무서운 눈으로 바라보는 연준혁이었다.

　연준혁의 몸에서는 아까보다 더 엄청난 기세나 뿜어져 나와, 영웅이 가리킨 사람들과 그 뒤에 있는 수련생들까지 일제히 옭아매기 시작했다.

　자신들의 몸을 조여 오는 엄청난 기운에 담당자들은 고통스러운 신음과 함께 괴로워했다.

　하지만 담당자들과 달리 수련생들은 아까 영웅에게 당했던 고통에 비하면 이 정도는 아무것도 아니었기에 나름 버틸

만하다고 생각하고 있었다.

수련생들은 차라리 연준혁에게 이렇게 당하는 것이 낫다고 생각하며 위로를 삼았다.

하지만 그런 그들을 화들짝 놀라게 하는 소리가 영웅의 입에서 흘러나왔다.

"기운 풀고 나에게 맡겨라. 내가 시작한 일이니 내가 끝맺어야지."

영웅의 말에 연준혁이 재빨리 기운을 풀고 고개를 조아렸다.

"죄송합니다, 주군. 제가 주제넘게 나섰습니다."

어느새 자신의 옆으로 이동해서 고개를 조아리는 연준혁의 어깨를 톡톡 치고는 앞으로 나섰다.

그런 영웅을 보며 수련생 신분의 각성자들이 사색이 된 얼굴로 연준혁을 향해 일제히 달려가더니 엎드리며 외쳤다.

"자, 잘못했습니다! 혀, 협회장님이 벌주세요! 제발!"

"협회장님이 주시는 벌이라면 무엇이든 달게 받겠습니다!"

"하라는 것은 무엇이든지 하겠습니다! 그러니 제발 협회장님께서 저희를 벌해 주십시오!"

다들 눈물 콧물을 쏟으며 외쳤지만 이내 입을 다물었다.

바로 옆에서 즐거운 듯한 목소리로 흥얼거리는 영웅의 등장 때문이었다.

"자, 이제 다시 잘 지내볼까? 아까 너무 조금만 즐겨서 아쉬웠지? 이번엔 아주 제대로 해피 타임을 가져 보자."

영웅은 일단 손을 흔들어 시끄럽게 떠드는 이들의 입을 전부 다물게 만들었다.

"읍읍읍!"

"으으으읍읍읍!"

사방에서 눈물 콧물 범벅이 된 채 애절하게 고개를 좌우로 흔들면서 읍읍읍을 하는 사람들이 넘쳐 났다.

비록 말은 알아듣지 못했지만 그들의 표정에서 무엇을 말하는지 너무도 명확하게 드러나고 있었다.

담당자들 역시 자신들의 몸이 순식간에 제약을 당하는 것을 보고는 자신들이 지옥인지 모르고 들어왔다는 느낌을 받았다.

하지만 이미 늦었다.

입을 열려고 해도 굳게 닫힌 채 열리지 않았고 몸을 움직이려고 힘을 아무리 써 봐도 꼼작도 하지 않았다.

그런 그들을 향해 영웅이 손을 높게 들며 말했다.

"자, 가볍게 출발해 봅시다! 아자!"

빠지지직―!

영웅의 손에서 보기만 해도 아찔한 뇌전을 뿌려 대는 공 모양의 기운이 튀어나왔다.

곧 그곳에 있는 모든 사람이 영웅의 중얼거림을 똑똑히 들었다.

"새로운 기술이어서 테스트가 필요했는데 마침 잘되었네. 아까는 가볍게 할 생각이어서 이걸 쓸 생각까진 안 했는데 뭐 지금은 상관없겠지. 진짜로 제대로 즐기게 해 주어야 하니까 말이지."

사악한 미소를 지으며 단어마다 또박또박 끊어서 말하는 영웅의 모습에 다들 고개를 격하게 흔들며 눈빛으로 제발 멈추어 달라고 외쳤지만, 소용없었다.

영웅은 그런 이들을 무시한 채 이들이 모여 있는 곳 중앙쪽 위에 이 뇌기가 넘쳐흐르는 구체를 던졌다.

빠지지지지직-!

한가운데로 던져진 뇌전은 순식간에 아래에 있는 사람들을 뒤덮을 정도로 커졌고 이내 아래에 있는 사람들에게 낙뢰 같은 뇌전을 마구 뿌려 대기 시작했다.

빠지지직-!

낙뢰는 사람마다 연결되어 동시에 감전시켰고, 그것을 맞은 사람들은 몸을 부르르 떨면서 고통스러워했다.

"으그그그극!"

"끄으으윽!"

"으으으윽!"

사방에서 신음이 난무했고 거품을 물며 기절하는 이들이 속출했다.

그 순간 낙뢰를 뿌리던 구체가 변화하기 시작하더니 뇌전은 사라지고 무시무시한 한기가 나오기 시작했다.

　쩌적-! 쩌저저적-!

　사방에서 몸이 얼어붙는 소리가 들려왔다.

　"으으으윽!"

　"끄으으윽!"

　뇌전으로 지져진 몸이 갑자기 얼어붙어 형용할 수 없는 고통이 그들의 몸을 덮쳤으나, 그들은 제대로 비명도 지르지 못했다.

　극한의 기운에 몸이 얼어붙어 가는 느낌은 고통도 고통이지만 정신적으로 사람을 미치게 만들기에 충분했다.

　얼어 죽어 갈 때쯤 구체는 화염으로 바뀌었고 사람들에게 가장 고통스럽다는 작열통을 선물하기 시작했다.

　"끼아아아악!"

　"끄어어어억!"

　구체는 그 후로 이 모든 것을 계속 반복했다.

　그 아래 있는 사람들은 인간이 느낄 수 있는 모든 고통을 전부 느끼며 점차 생명력이 꺼져 가고 있었다.

　어느 순간이 되자 비명 소리도 사라지고 수련장이 조용해졌다.

　고통을 받고 있던 이들이 죽음의 문턱에서 미약한 숨만 내쉬고 있던 것이다.

그 모습에 영웅이 손을 들어 외쳤다.

"리스토어!"

영웅의 입에서 나온 한마디에 그곳에 있는 모든 이의 몸이 원상 복구 되었다.

고통받던 사람들은 자신의 생명이 꺼져 가는 것을 느꼈고, 이제 편안해질 수 있겠다는 생각에 오히려 기뻐하고 있었다.

그런데 몸이 갑자기 상쾌해지더니 알 수 없는 힘이 솟구치기 시작했다.

온몸에 활력이 돌고 목욕을 하고 나왔을 때의 개운함이 온몸을 지배했다.

사람들은 자신들도 모르게 미소를 지었고 이것이 죽기 직전에 느낀다는 쾌감이라 생각했다.

하지만 그것은 자신들의 착각이었다.

이내 정신을 차린 사람들은 일어서서 자신의 몸을 이리저리 둘러보았다.

"어? 나 분명히 죽어 가고 있었는데?"

"나도, 나도 죽어 가고 있었는데?"

"뭐지? 환상이었나?"

다들 어리둥절해하며 자신들을 괴롭혔던 구체가 있나 싶어 위를 올려다보았다.

그러자 여전히 공포스러운 위용으로 자신들의 머리 위에 존재하는 것을 보고 다들 새파랗게 안색이 변하기 시작했다.

그런 그들의 귀에 악마의 속삭임이 들려왔다.

"다들 정신 차렸지? 자, 그럼 다시 시작할까? 한 번만 하면 정 없지. 안 그래?"

영웅의 말에 다들 격하게 고개를 저으며 목이 터지라 외치려 했다.

하지만 그 전에 이미 몸에 짜릿한 낙뢰가 휘감았다.

이들은 다시 아까와 같은 극한의 고통 속으로 빠져들었다.

"이놈들이 주군에게 덤볐단 말입니까?"

지하 수련실에서의 일이 정리될 때쯤 나타난 천민우가 부동자세로 꼿꼿하게 선 채로 지시만을 기다리고 있는 수련생 신분의 각성자들을 노려보며 말했다.

'뭐, 뭐야, 레드 그룹 천민우도 저자의 수하였어?'

그곳에 있는 모든 수련생들뿐 아니라 협회의 각성자들 역시 지금 이 상황이 이해되지 않았다.

"허허허, 이거 참. 주군을 뵈러 왔다가 별소리를 다 듣는군요. 허허, 주군에게 대드는 놈이라니."

"그렇죠? 천지회주님이 봐도 저놈들이 제정신이 아닌 것 같죠?"

천민우의 말에 다시 그곳에 있는 이들이 침을 꿀꺽 삼켰다.

천민우 옆에서 인자한 미소를 지으며 자신들을 바라보고 있는 할아범이 바로 한국 최고의 길드인 천지회의 회주였다.

등급이 베일에 가려졌지만 천지회의 강함을 기준으로 보았을 때, 회주의 강함은 적어도 프리레전드급이라 예상되고 있었다.

실제로 천지회주의 무력을 알고 있는 자들은 천지회 사람들뿐이었고 그들은 회주의 무력을 철저하게 감췄다.

그런 베일에 가려진 천지회주가 오늘 모습을 드러낸 것이다.

'처, 천지회주도 저자의 수하라고? 이게 무슨?'

'세상에……. 우리가 무슨 짓을 한 거지?'

'이제 우리 앞날은 가시밭길이겠구나.'

다들 자신들이 덤볐던 영웅의 진정한 모습에 좌절하고 있었다.

국내에서 내로라하는 길드들뿐 아니라 협회장까지 수하로 두고 있는 자다.

한마디로 한국에서 살아가려면 영웅에게 무조건 잘 보이고 납작 엎드려야 한다는 소리다.

다들 자신들의 현재 처지도 생각 못 할 만큼 경악하며 천지회주가 있는 곳을 바라보자, 그 모습에 연준혁의 얼굴이 새빨갛게 변하기 시작했다.

혼나는 중에 다른 곳으로 한눈을 파는 놈들을 보니 분노가 폭발한 것이다.

쾅—!

분노한 연준혁의 발 구르기에 콘크리트 바닥이 박살이 나면서 시멘트 가루가 흩뿌려졌다.

쿠르르르—!

그와 동시에 그곳에 작은 지진이 일어난 것처럼 바닥이 울렸고, 연준혁에게 혼나고 있던 각성자들이 재빨리 다시 부동자세로 긴장하기 시작했다.

"이 새끼들이! 정신을 어디에 두고 있어! 내 말이 말 같지 않아? 정신 상태가 썩어 빠진 새끼들아!"

연준혁의 분노한 목소리가 지하에 가득 울려 퍼졌다.

엄청난 분노의 샤우팅에 각성자들은 고개를 움츠리며 벌벌 떨었다.

"이 정신 나간 새끼들이 수련을 하랬더니 정치질을 하고 있어? 어? 오늘 아주 죽었다고 복창해라! 이 새끼들아!"

연준혁의 목소리가 여기저기에 쩌렁쩌렁 울려 퍼지고 있을 때.

한 사람이 이곳을 두리번거리면서 조심스럽게 들어오고 있었다.

그러면서 수련장에 서 있는 각성자들을 바라보며 고개를

끄덕이고는 중얼거렸다.

"이야, 역시 협회의 각성자 수련장이라 그런지 다들 아주 군기가 바짝 들어 있네? 우리 애들도 저걸 좀 보고 배워야 하는데."

누군가가 안내를 받으며 안으로 들어오는 사람을 보고 그곳에 있던 천지회주가 환한 미소를 지으며 그를 반겼다.

"허허. 이게 누구냐. 무성이 왔구나!"

천지회주의 외침에 들어오던 남자가 고개를 돌렸고 이내 놀란 표정으로 천지회주가 있는 곳으로 달려와 말했다.

"어? 형님! 무탈하셨습니까? 실종되었네 마네 하는 소문이 들리긴 했는데 다 헛소문이었군요."

"허허, 그럴 일이 있었지. 자네는 여기 어쩐 일인가?"

"아! 연준혁 협회장하고 할 이야기도 있고 해서 왔지요."

"그렇구만. 연준혁 협회장은 저기 있네."

"하하, 네. 그나저나 형님은 이곳에 어쩐 일이십니까?"

"나야 주군을 뵈러 왔지."

"주군이요?"

이곳에 모습을 드러낸 이는 한국 길드 서열 3위인 백호문의 문주 김무성이었다.

김무성은 천지회주의 입에서 나온 단어에 너무도 자연스럽게 영웅을 바라보았다.

"설마…… 저희 주군이 형님 주군입니까?"

"허허, 너도 그분의 사람이었더냐."

"하하, 그렇습니다. 형님도?"

"그렇다, 허허. 어쩌다 보니 한식구가 되었구나. 그런데 놀라지 않는구나?"

천지회주 독고영재의 말에 김무성이 뒷머리를 긁적이며 말했다.

"천하에서 독고 형님을 아래에 두고 부리실 분이 주군밖에 더 계시겠습니까?"

"허허허. 그것참, 기분 좋은 말이구나."

천하에서 자신을 부릴 수 있는 자가 한 명밖에 없다는 소리는 일인지하 만인지상이라는 소리다.

어찌 들으면 모욕일 수도 있는 말이지만 독고영재는 그것이 기분 좋게 들렸다.

"주군이 아니고는 이 독고영재를 밑에 둘 사람이 세상에 존재하지 않지. 암! 그렇고말고."

한국 서열 1위 길드인 천지회, 그리고 2위인 레드 그룹과 3위인 백호문이 한자리에 모두 모였다.

이들의 공통점은 모두 영웅을 주군으로 모시고 있다는 것이었다.

"그런데 왜 여기서 이러고 계시는 겁니까? 협회에 있는 수련생들 수련하는 것을 단체 관람하시는 것은 아닌 것 같고."

김무성의 물음에 천지회주가 피식 웃으며 말했다.

"아니 글쎄 저놈들이 주군에게 덤볐다는구나. 그래서 준혁이가 지금 단속하는 중이지."

"네에? 미친!"

김무성이 경악한 얼굴로 부동자세로 서 있는 사람들을 바라보았다.

그리고 이내 인상이 점점 험악해지더니 조금씩 살기를 내보이기 시작했다.

"협회에서 일어난 일이니, 협회장에게 맡기거라."

부동자세로 서 있는 자들을 죽일 듯이 바라보던 김무성을 독고영재가 말렸고, 그의 말에 독고영재는 이내 살기를 누그러뜨렸다.

이곳은 각성자 협회였고 이곳의 총책임자는 연준혁이니, 독고영재의 말이 맞았기 때문이었다.

이렇게 한쪽에서 서로의 안부를 물으며 떠들고 있을 때 영웅이 그들에게로 발길을 옮겼다.

"왔어요?"

영웅이 손을 흔들며 반기자 다들 허리를 직각으로 숙이며 세상 공손한 목소리로 인사를 올리는 이들이었다.

"주군! 신 백호문주 김무성! 주군을 뵈옵니다."

"그래요. 그런데 여긴 어쩐 일로?"

"네! 연준혁 협회장이 할 이야기가 있다고 뵙자고 해서 왔습니다. 참! 이야기를 들어 보니 주군을 중심으로 무슨 단체

를 결성했다고……. 그에 대한 자세한 이야기를 해 주겠다고
오라 했습니다."

"아……. 그거."

김무성의 말에 영웅이 뭘 말하는지 알겠다는 표정을 지으
며 천지회주를 바라보고 말했다.

"준혁이 바쁜 거 같으니까 독고 할아범이 잘 이야기해 줘
요. 나는 가 볼 데가 있어서 이만."

"허허, 알겠사옵니다."

"주군! 살펴 가시옵소서!"

영웅은 김무성의 어깨를 두들겨 주고는 자리를 떠났다.

남은 둘은 분노의 샤우팅을 하며 각성자들에게 분노를 토
해 내는 연준혁을 배경으로 무신천에 대한 이야기를 주고받
았다.

중국 상하이의 어두운 밤을 화려한 조명으로 밝히고 있는
상하이의 랜드마크 동방명주.

이곳이 바로 중국 각성자 협회의 보금자리였다.

늦은 저녁임에도 많은 사람이 한곳에 모여서 무언가 의견
을 나누고 있었다.

"한국에서 행방불명이 된 그분의 소식은 아직도 없는 것

이오?"

"하아, 그렇습니다. 한국 각성자 협회에도 도움을 요청해 놓기는 했지만, 그쪽에서도 찾지 못한 모양입니다."

"흥! 무능한 놈들. 그러니 우리가 직접 가서 찾아본다니까는."

이야기를 나누고 있는 이들은 중국 각성자 협회의 임원들 이자 중국 각성자 길드의 길드장들이었다.

다른 나라에서는 각성자 협회라고 부르지만, 이들은 자신 들이 모인 협회를 무림맹이라 지칭했다.

이곳은 중국을 대표하는 구파일방의 장문인들과 오대세가 의 가주들이 모인 자리였다.

이들이 찾는 자는 중국 각성자 협회의 정신적 지주이자 군 사였다.

어느 날 천기를 보고는 한국에서 엄청난 놈이 나타난다며 걱정하더니 자신이 직접 가서 그자가 누구인지, 그리고 포섭 이 되지 않아 중국에 위협이 된다면 싹이 크기 전에 자르겠 다며 한국으로 향했다.

이자의 이름은 제갈천.

제갈세가의 천재이자 제갈세가에서 낳은 역대 최강의 고 수였고 무림맹의 머리 역할을 하는 자였다.

처음에는 다들 그게 무슨 말이냐며 만류했다.

하지만 그는 강경했다.

만약 저대로 그냥 놔둔다면 한국이 세계를 지배하는 결과가 나올 것이라며 흥분했다.

　사람들은 다들 말도 되지 않는 이야기로 치부했다.

　아무리 강한 자가 탄생한다 해도 그 혼자만의 힘으로 세상을 지배할 수는 없는 일.

　무언가를 잘못 읽었을 것이라 생각했고, 어차피 말려 봐야 듣지도 않을 것이니 그냥 보내 주기로 결정했다.

　이후 한동안은 소식도 자주 보내 주고 하더니, 어느 순간부터 연락이 뚝 끊겼다.

　그래서 한국 각성자 협회에는 한국에 관광을 가서서 행방불명이 되었다고, 마지막에 연락이 된 것이 한국 각성자 협회를 구경하겠다는 연락이었다며 협조를 요청했었다.

　하지만 한국 각성자 협회에서는 본 적이 없다며 일단은 찾아보겠다는 답장만 온 상태였다.

　그에 무당파 장문인이 한숨을 쉬면서 말했다.

　"어쩔 수 없지요. 저희가 가서 그곳을 들쑤시는 것은 월권 행위고 저들 입장에서 거부할 만하지요. 거기에 그분은 분명 다른 이로 변장하거나 해서 잠입하셨을 테니 더더욱 찾을 수 없을 것이고요."

　무당파 장문인의 말에 하북팽가의 가주가 책상을 내려치며 기분이 나쁜 목소리로 말했다.

　"그래도 기껏해야 이제 갓 SSS급이 된 놈이 수장으로 있는 약소국 주제에 대국에서 부탁하는데 그렇게 매몰차게 거절하는 것이 마음에 들지 않소!"

이에 다른 문파의 가주들이 동조하며 나섰다.

"그렇지요. 제대로 된 무공도 없는 것들이 감히 우리와 맞먹으려 하다니."

"이럴 것이 아니라 한국으로 가서 직접 찾아봅시다. 아니, 막말로 지들이 어쩔 겁니까? 우리가 찾겠다는데. 거기에 그들이 저렇게 강경하게 반발하는 것도 이상하고요."

"맞습니다. 분명히 그분께서 한국 각성자 협회에 가신 정황이 확실한데 저들이 저리 발뺌을 하는 것이 수상합니다."

"혹시 저들이 그분을 해하고 저리 나오는 것은 아니겠지요?"

누군가의 말에 다들 인상을 찡그리며 말도 되지 않는다는 표정으로 얘기했다.

"그분이 비록 무보다 문에 가까우나 그래도 SSS급이시오. 한국에서 그분을 상대할 자는 없소이다!"

"맞습니다! 연준혁 그자도 SSS급이긴 하나 초인력부터가 천지 차이입니다. 이제 갓 SSS급에 들어간 놈이 그분을 상대할 수는 없지요."

"거기에 술법까지 능하신 분이니 저들 손에 당했다고 보기는 어렵습니다. 무언가에 빠져 연락을 깜박하신 게지요."

"하긴, 한번 무언가에 꽂히면 그거에만 집중하시니……."

"맹주님, 어찌할까요? 조금 더 기다려 볼까요?"

사람들의 시선이 맹주에게 집중이 되었다.

현 중국 각성자 협회, 즉 무림맹의 맹주는 남궁성이었다.

남궁세가에서 나온 레전드 각성자.

그 덕에 중국은 세계 3대강국 중 한 곳이 되었고 중국 각성자 길드의 위상 역시 엄청나게 올라갔다.

맹주 남궁성은 책상을 검지로 톡톡 두드리며 생각에 잠겼다.

그에 다른 이들 역시 조용히 그가 생각할 수 있게 입을 다물었다.

손가락을 톡톡 두드리며 생각에 잠겼던 맹주가 움직임을 멈추고 고개를 들었다.

"일단은 두고 봅시다. 대격변이 올 날도 다가오고 있으니 우선은 그게 먼저요. 아시지 않소? 대격변에는 모든 나라의 각성자들이 힘을 합쳐서 대비해야 한다는 것을."

맹주의 입에서 나온 대격변이라는 단어에 다들 표정이 심각해졌다.

"아, 저희 생각이 짧았군요."

"이런, 그걸 잊고 있었다니……."

맹주는 그곳에 모인 사람들에게 말했다.

"대격변이 시작되면 돌아오시겠지요. 아무리 다른 곳에 정신이 팔렸다고 해도 대격변이 일어났는데 계속 그러진 않을 것이고, 대격변이 왔음에도 모습을 드러내지 않는다면 대격변을 무사히 넘긴 후에 다시 찾아보아도 될 것 같구려."

"맹주님 말씀이 맞습니다. 대격변이 시작되어도 모습을 드러내지 않으신다면 그때는 정말로 무슨 일이 있는 것이니, 그때 찾아도 늦지 않을 것 같습니다."

"자 자! 이제 곧 다가올 대격변에 대한 대책을 세워 봅시다."

온 가족 긴급 모임이라는 소리에 서둘러서 협회를 빠져나온 영웅은 집으로 향했다.

집에 도착하니 가족 모두가 심각한 표정으로 모여 있었다.

"영웅이 왔느냐? 와서 앉아라."

"네."

영웅까지 자리에 착석하자, 강백현이 한숨을 내쉬며 말했다.

"이렇게 다들 모이라고 한 것은 다름이 아니라 곧 다가올 대격변 때문이다. 알고 있겠지? 5년에 한 번 주기적으로 일어나는 현상이라는 것을?"

"네."

"다들 알다시피 대격변이 오면 세계경제에 큰 위기도 같이 찾아온다. 물론, 저번 대격변 때는 큰 피해 없이 무사히 넘어갔지만, 이번 대격변도 그러리라는 보장은 없다."

강백현의 말에 다들 긴장한 표정으로 그를 바라보았다.

"알다시피 우리는 기업인이기 전에 각성자다. 막내를 제외한 가족 모두가 각성자이니 대격변이 오면 우리는 자연스레 협회에 가서 그것에 대비해야 한다. 나는 그것이 가장 큰 걱정이다. 혹시라도 우리 가족에게 무슨 일이 생기지는 않을까 하는……."

강백현의 말에 첫째 강영민이 자신의 안경을 검지로 살짝 올려 쓰면서 말했다.

"아버지, 너무 걱정하지 마세요. 저희 같은 기업가들은 후방에서 지원 정도나 맡기지, 위험한 곳에는 보내지 않는다는 거 알고 계시지 않습니까?"

"큰형 말이 맞습니다. 그러니 너무 걱정하지 마세요. 그리고 저번처럼 또 아무 일 없이 무사히 지나갈 수도 있고요."

아들들의 말에 강백현이 뿌듯한 얼굴로 바라보았다.

"녀석들, 어느새 이렇게 커서 이 애비를 달래 주기도 하고, 허허허."

강백현의 웃음에 무거웠던 분위기가 조금 풀렸다.

가족들을 둘러보고는 강백현이 말했다.

"이렇게 모이라고 한 것은 이제부터는 언제 대격변이 시작될지 모르는 시기가 왔기 때문이다. 당장 내일이 될 수도 있고 우리가 이렇게 모이고 헤어진 뒤에 곧바로 시작될 수도 있다."

대격변은 언제나 예고 없이 찾아왔다.

5년 주기라고는 하지만 그 5년을 넘길 때도 있었고 그것보다 빨리 올 때도 있었다.

정확하게 언제 시작한다는 그런 개념이 아니었다.

그냥 막연하게 이때쯤이면 시작할 때가 되었다고 생각하며 준비하는 것이다.

강백현은 가족들을 쭉 둘러보다가 자신의 막내아들인 영웅을 바라보았다.

"영웅이는 기억을 잃어서 대격변에 대한 기억이 없겠지?"

강백현의 말에 영웅이 고개를 끄덕였다.

"이야기는 많이 들어 봤지만 실제로 경험했던 기억은 없습니다."

영웅의 말에 강백현이 고개를 끄덕이고는 말했다.

"영웅아, 갑자기 세상이 어두워지면 뛰거라. 뛰고 또 뛰어서 집으로 오거라. 그리고 지하로 들어가거라. 그곳에는 만약을 위한 대피소가 준비되어 있단다. 그 대피소에서 우리가 너를 찾을 때까지 쥐 죽은 듯이 숨어 있거라. 알겠느냐?"

걱정 가득한 목소리와 표정으로 영웅을 바라보며 말하는 강백현이었다.

"알겠습니다."

"다른 아이들은 각성자이기도 하고 능력도 되기에 대격변에 잘 대처가 가능하지만, 우리 막내는 일반인이니……."

영웅을 바라보며 일반인이라는 단어를 아주 조심스럽게 말하는 강백현이었다. 가족과 다르다는 이유로 한때 방황하던 아이가 아니던가.

그래서 더욱더 조심스러웠다.

아버지가 왜 그러는지 눈치챈 영웅은 그를 안심시키기 위해 미소 짓고 강백현을 바라보며 말했다.

"걱정 마세요. 아버지 말씀대로 하늘이 어두워지면 뒤도 안 돌아보고 뛰어서 집에 올게요."

영웅의 말에 강백현이 고개를 끄덕이며 흐뭇한 미소를 지었다.

"그래도 사람은 되었네. 예전엔 일반인 얘기만 하면 아주 난리 부르스를 치더니만."

하나뿐인 누나, 강영혜가 옆에서 깐죽거리자 어머니 권혜영이 그녀의 등을 세차게 내리쳤다.

짝-!

"악! 엄마!"

"이놈의 지지배가! 내가 그 깐죽거리는 말투 고치라고 했어! 안 했어!"

"내가 언제 깐죽거렸어! 칭찬한 거야! 칭찬!"

"그게 어딜 봐서 칭찬이야! 욕이지!"

엄마와 딸의 티격태격에 무거웠던 분위기가 순식간에 사라지고 그냥 평범한 가족의 일상으로 돌아갔다.

그 모습을 기분 좋은 미소로 바라보는 영웅과 그 표정을 조용히 바라보던 강백현은 안심이 되었는지 고개를 끄덕이며 웃었다.

쿠쿵-!

우르르룽-!

그 순간 어디선가 폭음이 들리면서 집안 전체가 지진이라도 난 것처럼 흔들리기 시작했다.

"뭐, 뭐야!"

"지진은 아닌 거 같아요!"

"설마?"

강백현은 무언가를 느낀 것처럼 재빨리 밖으로 나갔고 온 가족이 그 뒤를 뒤따랐다.

밖으로 나오니 그의 눈앞에는 어두운 하늘이 온 세상을 뒤덮고 있었고 끊임없이 번쩍거리며 번개가 내리치고 있었다.

조금 전까지 밝았던 세상이라고 믿기지 않을 정도로 순식간에 어두워진 것이다. 그 풍경이 종말이 다가온 지구를 보는 것 같았다.

번쩍-!

콰르르르룽-!

어두운 하늘에서는 끊임없이 번개가 내려치고 있었는데 번개의 모양이 이상했다.

소용돌이가 치는 것처럼 끊임없이 한 곳을 향해서 뿌려지고 있었다.

그 모습에 영웅이 초신안으로 그곳을 바라보았다.

초신안에 보이는 것은 번개처럼 움직이는 엄청나게 미세한 알갱이들의 모습이었다.

현미경으로나 봐야 겨우 보일 정도의 미세한 알갱이들이 둥글게 모양을 만들면서 웜홀을 생성하고 있었다.

'저런 식으로 웜홀을 만드는 것이군. 그나저나 저 미세한 알갱이들은 뭐지? 저번에 각성자들 몸에서도 보인 것 같은데……'

처음 보는 신기한 현상에 턱을 쓰다듬으며 분석하고 있는데, 옆에서 강백현이 망연자실한 표정으로 중얼거리는 목소리가 들려왔다.

"이런! 사방이 난리군! 아직은 시간이 조금 더 있다고 생각했는데!"

"아버지, 정말로 대격변이 시작되었습니다!"

"빌어먹을! 이놈의 대격변은 아무리 겪어도 익숙해지질 않는구나!"

애애애애애앵―!

그 순간 국가 비상사태를 알리는 사이렌이 사방에서 요란하게 울리기 시작했다.

"다들 어서 서둘러라! 지금 이렇게 한가하게 구경하고 있
을 때가 아니다!"

"일단 영웅이부터 대피시켜요!"

"어머니 말씀이 맞습니다! 아버지. 야! 강영웅! 어서 준비
해!"

사이렌 소리에 너 나 할 것 없이 가장 먼저 챙긴 것은 바로
영웅이었다. 영웅은 다들 자신부터 대피시키려는 모습에 순
간 울컥하고는 멍하니 서 있었다.

그 모습을 강백현은 영웅이 두려움에 발이 움직이지 않는
것으로 생각하고 버럭 소리쳤다.

"강영웅! 뭘 멍하니 서 있어! 정신 차리고 어서 지하실로
내려가!"

강백현의 외침에 영웅이 그를 바라보며 조심스럽게 말했
다.

"아버지, 저도……."

"너도 뭘? 네가 할 수 있는 것은 없다! 무사히 숨어 있는
것이 우리를 위한 일이다! 어서 움직여!"

영웅은 자신의 힘을 드러내고 이들과 함께할까 생각하다
가 이내 그 생각을 접었다.

지금 상황은 자신의 힘을 드러내고 그것을 일일이 설명할
상황이 아닌 것 같았다.

그냥 뒤에서 지켜보다가 가족들이 위험하다고 판단되면 나서기로 했다.

영웅은 결국 고개를 끄덕이고는 아버지의 말을 따라 지하에 있는 방공호로 이동했다.

저택 지하 깊숙한 곳에 마련된 방공호는 두께 1m에 달하는 거대한 강철 문이 통로 곳곳에 겹겹이 설치되어 있었고 그 통로의 길이가 무려 100m에 달했다.

방공호 안은 말이 방공호지 그 안의 시설은 특급 호텔 저리 가라 할 정도로 화려하게 꾸며져 있었다.

또한 자체적인 급수 시설에, 가드룸을 이용한 발전 시설뿐 아니라 최소 몇 년은 걱정할 것 없을 정도의 식량도 쌓여 있었다.

혹시 모를 상황을 대비해서 다른 방공호로 이동할 수 있는 탈출 통로도 존재하였다.

방공호를 두리번거리는 영웅에게 강백현이 신신당부를 했다.

"아들, 내가 올 때까지 이 안에서 절대 움직이면 안 된다. 알겠어?"

강백현이 진지한 얼굴로 영웅에게 말하자, 영웅은 고개를 끄덕이며 알았다고 대답했다.

그런 영웅의 머리를 쓰다듬어 준 강백현은 밝은 미소를 보이면서 서서히 방공호의 문을 닫았다.

문이 완전히 닫히고 방공호에 홀로 남은 영웅은 빙긋 웃으며 초신안 투시로 바깥 상황을 지켜보았다.

바깥에서는 가족들이 진지하게 현 상황에 대해 회의하고 있었다. 회의가 끝날 때까진 집 안에 있을 것 같으니 아까 보던 것을 마저 보기 위해 고개를 돌려 이상한 번개가 내려치고 있는 장소를 바라보았다.

'아항. 저 번개의 색상이 웜홀의 색상이었군.'

지금 만들어지고 있는 웜홀의 색상은 푸른색을 띠고 있었다.

또다시 무슨 원리일까 생각하다가 이내 관심에서 멀어졌다.

자신의 눈에 보이는 웜홀들의 상태로 보아 크게 걱정할 것은 없어 보였다.

가장 위험하다는 보라색은 보이지 않았고 충분히 대비가 가능한 색상들의 웜홀이 만들어지고 있었다.

예상보다 시시한 대격변의 모습에 허무한 얼굴을 한 영웅이 방공호에 있는 침대에 몸을 날렸다.

"뭐야. 난 또 대격변이라길래 뭔가 엄청난 것이 나올 줄 알았더니."

실망한 표정을 지었다가 이내 고개를 저으며 웃었다.

"나도 참 멍청하긴. 엄청난 것이 나오면 안 되지. 사람들이 위험할 수도 있는데 그걸 기대하고 있어. 무엇보다 이 세상엔 내 가족이 있으니 절대로 안 되지."

고개를 흔들고는 조용히 눈을 감았다.

가족들이 심각하게 회의를 하는 소리가 들려왔다.

나가서 구경하고 싶었지만, 아직 가족들이 집 안에 있으니 오늘은 자제하기로 하고 눈을 감으며 아까 전에 자신을 진심으로 걱정하던 가족들의 모습을 떠올리는 영웅이었다.

세상은 난리가 났는데 그것과는 다르게 영웅의 마음은 가족들로 인해 평온했다.

전 세상에서는 못 느껴 본 따뜻함을 만끽하며 그렇게 생애 첫 대격변을 보내고 있었다.

대격변.

5년을 주기로 한 번씩 오는 기이한 현상이다.

수많은 과학자들이 이것에 관해 오랫동안 연구를 했지만, 어찌 오는지, 어떤 방식으로 웜홀을 생성하는지 알아낸 바가 전혀 없었다.

다만, 그 횟수가 늘어날수록 무언가 안정된 모습을 보였다.

마치 처음에는 실수투성이였던 프로그램이 점차 안정화를 찾아가는 그런 기분이랄까?

그 결과 모든 각성자들이 두려워하고 경계했던 보라색 웜홀은 등장하지 않았다.

그래도 방심은 금물이었기에 전 세계 각성자 연합들은 긴장의 끈을 놓지 않았다.

혹시라도 인적이 없는 오지에 생성되었을 경우도 생각해서 인공위성과 현장으로 요원들을 급파하여 철저하게 수색하고 또 수색했다.

거기에 들어가는 비용과 지원은 전 세계 모든 나라가 아낌없이 주었고 수색을 위해 급파된 헌터들을 위해 국경을 언제든지 개방해 두었다.

퍼플 웜홀.

그 재앙의 등장은 한 국가만의 문제가 아닌 지구 전체의 문제였다. 그 안에서 튀어나오는 무지막지한 몬스터들은 언제나 지구에 커다란 위협이 되었다. 가장 위험하다는 레드 웜홀에 존재하는 보스급 몬스터보다 강력한 몬스터들이 떼로 나올 수도 있는 재앙의 웜홀.

자칫하다가는 지구 멸망까지 갈 수도 있는 문제였기에 한마음 한뜻이 되어서 모든 곳을 탐색하고 있었다.

한국 각성자 협회도 매우 바빠졌다. 이번에는 한국에도 꽤 많은 웜홀이 생성되었기 때문이다.

다들 걱정과 기대를 품고 움직이고 있었다.

웜홀이 많아진다는 것은 그만큼 가드륨과 각종 자원을 쉽게 확보할 수 있다는 뜻도 되었다.

이에 수많은 기업들은 협회에 막대한 자금을 투입해서 이들을 돕고 있었다.

"국내에 생성된 웜홀들 모두 파악했나?"

"현재 파악 중입니다! 현재까지 파악한 웜홀의 수는 옐로우 하나! 그린 셋! 오렌지 열! 레드 하나입니다!"

"오렌지가 그렇게나 많이 생성되었어?"

"그렇습니다. 우리나라에서 가장 부족했던 웜홀이 이번에 대량으로 생성되었습니다."

기쁜 표정으로 보고하는 수하를 보며 연준혁도 살짝 미소를 지었다.

오렌지 웜홀은 가드륨이 가장 많이 나오는 웜홀이었다.

또한, 각종 부자재들도 풍부하게 나오는 웜홀이었기에 이 오렌지 웜홀을 얼마나 보유하고 있느냐에 따라 나라 경제가 달라질 정도였다.

"민간인들이 접근하지 못하게 철저하게 막으라고 해! 혹시라도 갑자기 이상이 생겨 몬스터가 튀어나올 수도 있으니까!"

"네! 알겠습니다!"

"다른 나라 상황은 어떤가? 보라색 웜홀이 나왔다는 나라가 있어?"

"다행히도 없습니다. 이번에도 무사히 넘어가는 분위기입니다."

"그렇다면 다행이지만…… 생성된 웜홀이 안정기가 될 때까진 방심은 금물이다."

"알겠습니다."

사방에서 몰려오는 보고를 모두 처리하고 겨우 한숨을 돌리게 된 연준혁은 의자에 풀썩 앉아 지친 표정으로 천장을 바라보았다.

"하아, 나 원. 정도가 있어야지. 이렇게 갑자기 뜬금없이 오면 어쩌자는 거야."

짜증 섞인 말로 혼자 중얼거리다가 피식 웃었다.

"그래도 다행이네. 위험한 웜홀은 나오지 않아서."

눈을 감고 잠시 머리를 좀 식히려는데 누군가의 목소리가 들려왔다.

"고생이 많네."

갑작스러운 목소리에 연준혁의 눈이 번쩍 떠졌다.

그러고는 재빨리 몸을 일으킨 뒤에 직각으로 숙이며 우렁차게 인사했다.

"주군! 오셨습니까!"

그런 연준혁을 보며 영웅이 미안한 얼굴로 말했다.

"아니, 미안. 쉬고 있었구나."

"하하, 괜찮습니다."

"다름이 아니고 이번에 대격변으로 인해서 새로 웜홀들이 많이 생겼다고 들었는데 나도 좀 들어가서 볼 수 있을까?"

영웅은 조심스럽게 물었다.

그 모습에 연준혁은 자신도 모르게 미소를 지었다.

그냥 가자고 말하면 되는 일인데도 영웅은 그러지 않았다.

어떨 때는 무섭지만 지금처럼 순수한 모습을 보이기도 하는 영웅이었다.

영웅이 이렇게 물어보는 이유는 각성자의 은총이 모두 모여서 일반인인 자신도 웜홀에 들어갈 수가 있게 되었기 때문이다.

"아! 깜박했습니다. 물론입니다. 몇 개 빼놓겠습니다."

"아니, 그냥 적당한 거 하나만 빼놔 줘. 그냥 어찌 생겼나 궁금해서 그래."

"하하하, 알겠습니다. 제가 알아서 좋은 놈으로 빼 두겠습니다."

"응, 고마워. 그럼 나는 가 볼 테니 푹 쉬어. 혹시 어려운 일 생기면 바로 연락하고."

어려운 일이 있으면 연락하라는 저 소리가 왜 이렇게 든든하게 들리는지 모를 일이었다.

영웅이 자신의 곁에 있다는 사실만으로도 더는 대격변을 두려워하지 않아도 된다는 생각이 들었다.

보라든 뭐든 영웅이 나서서 정리해 줄 것이니까.

그렇게 생각하니 조금 전까지 아팠던 머리가 상쾌해지는 기분이 들었다.

연준혁은 영웅을 바라보며 힘차게 대답했다.

"예! 주군!"

<hr/>

대격변 일주일 뒤.

소란스러웠던 한 주가 지나고 언제 그랬냐는 듯이 세상은 다시 평화롭게 변했다.

통제되었던 거리에는 다시 수많은 인파가 붐볐고 도로에는 다시 차들이 오가고 있었다.

역대급으로 아무 일 없이 조용히 지나간 이번 대격변에 전 세계 모든 나라가 안도의 한숨을 쉬었다.

이제 세계의 나라들은 자국에 생긴 웜홀을 통제하기 위해 바쁘게 움직일 것이다.

웜홀을 노리는 어둠의 단체나 테러 단체들보다 먼저 그것들을 찾아 통제해야 했다.

대격변은 나라도 풍족하게 만들어 주지만, 어둠의 단체도 풍족하게 만들어 주었다. 나라에서 특별 관리하는 웜홀을 빼돌릴 수 있는 유일한 기간이기 때문이었다.

한국 각성자 협회도 그것 때문에 정신없는 하루하루를 보냈다.

그리고 모든 웜홀을 무사히 통제하는 데 성공했다.

이제 그 웜홀들은 협회의 감독하에 길드나 기업에서 보낸 각성자들로 붐빌 것이다.

그러나 딱 한 곳.

등록하지 않은 웜홀이 있었다.

강원도 영월에 생긴 웜홀인데, 최초 발견 각성자와 함께 그 웜홀을 조사하기 위해 연준혁이 자신의 수행원들과 조사단을 데리고 직접 이곳으로 왔다.

최초 발견자는 연준혁이 직접 왔다는 소리에 긴장하며 그의 곁을 따라다니고 있었다.

그런데 그 옆에 평범한 일반인이 연준혁의 곁에 따라다니는 것이 아닌가.

보통 이런 웜홀 조사에는 일반인은 대동해선 안 되는 것이 규칙이었다.

하지만 그를 데리고 온 자가 다른 사람도 아니고 협회장이었다.

최초 발견자는 그냥 좋은 것이 좋은 거라고 조용히 따라나섰다.

웜홀에 도착하자 그 일반인은 황홀한 표정을 지으며 웜홀 이곳저곳을 살피기 시작했다.

일반인들이 웜홀을 보는 것은 국가에서 금지하고 있는 사항이기 때문에 아마도 지인 찬스를 이용해 구경 온 것이라 생각을 했다.

가끔 저렇게 지인의 인맥을 이용해 웜홀을 구경하러 오는 사람들이 있기에, 같이 따라온 일반인에 대한 관심도가 급격하게 떨어졌다.

구경이 다 끝나면 이제 저자를 보내고 조사를 하겠거니 하고 기다리고 있었다.

'쯧, 협회장이란 사람도 어쩔 수 없는 인간이었군. 가장 먼저 솔선수범을 보여야 할 사람이…….'

그렇게 속으로 투덜거리고 있을 때, 갑자기 무언가 심상치 않은 기운이 최초 발견자의 몸을 관통하기 시작했다.

웅웅웅웅―!

불길한 느낌에 고개를 돌려 보니 안정기에 접어든 웜홀에서 갑자기 이상한 소리가 들려오고 있었다.

웅웅웅웅웅웅―!

소리는 점점 커져 갔고 웜홀은 불안정한 모습을 보이며 뒤틀린 모습으로 마구 요동쳤다.

동시에 웜홀의 색은 점점 짙어졌다.

점점 짙어지는 웜홀을 보며 당황하는 사람들.

이런 경우는 또 처음이었다.

무언가 심상치 않음을 깨달은 연준혁은 굳은 얼굴로 그것을 지켜보다가 큰 소리로 외쳤다.

"다들 물러서! 웜홀의 상태가 이상하다!"

연준혁의 외침에 다들 웜홀에서 멀찍이 떨어져 경계 상태를 유지했다.

일렁이던 웜홀은 이윽고 맹렬하게 회전하기 시작했다.

위위윙윙-!

그러더니 짙어진 색이 점차 변하기 시작했다.

오렌지에서 레드로 그리고 퍼플로 바뀌기 시작한 것이다.

"미친! 서, 설마 퍼, 퍼플 웜홀?"

"마, 맞는 것 같은데? 저, 저기 저 색을 봐! 점차 짙어지고 있어!"

"아, 안 돼!"

절대로 나와서는 안 될 웜홀이 한국 강원도에서 등장하려 하고 있었다.

그곳에 있는 사람들은 다들 패닉에 빠지기 시작했고, 이내 연준혁을 바라보며 외쳤다.

"혀, 협회장님! 다, 당장 본부에 연락해야 합니다! 비상사태입니다!"

"맞습니다! 저것을 보십시오! 퍼, 퍼플 웜홀입니다!"

연준혁 역시 경악한 표정으로 그것을 바라보며 침을 꿀꺽 삼켰다.

사실 이 웜홀은 연준혁이 영웅을 위해 특별히 남겨 둔 웜홀이었다.

일부러 사람들 눈에 띄지 않는, 오지에 있는 웜홀을 남겨 둔 것이다.

그리고 오늘은 영웅에게 처음으로 이 웜홀을 선보이는 날 이었다. 그런데 하필이면 그 웜홀이 사달이 난 것이다.

다들 긴장하는데 딱 한 사람, 영웅만이 호기심 가득한 얼굴로 그것을 바라보고 있었다.

"피하시오! 지금 구경하고 있을 때가 아니오! 언제 몬스터가 튀어나올지 모르는 상황이오!"

최초 발견자가 영웅에게 경고하며 물러서라고 외쳤다.

그 순간 웜홀에서 무언가 찢어지는 소리와 함께 괴성이 들렸다.

쯔아아악—!

"끼아아아아악!"

웜홀의 색이 짙은 보라색으로 완전히 변한 뒤 크기가 확 커지면서 거대한 몬스터가 튀어나온 것이었다.

"끄, 끝이다……."

"지, 진짜로 튀어나왔어……."

그들이 가져온 기계에선 연신 요란한 소리가 들려왔다.

삐비비비비비빅—!

—측정 불가! 측정 불가!

몬스터의 등급을 측정하는 기계인 것 같았다.

그 기계에선 연신 측정 불가라는 말이 흘러나오고 있었다.

하지만 그 어느 누구도 그 소리를 듣지 않고 있었다. 듣지 않아도 알 것 같았다.

지금 그들의 눈에 보이는 거대한 몬스터는 그들도 익히 알고 있는 몬스터였다.

"드, 드래곤!"

그랬다.

보라색 웜홀에서 튀어나온 몬스터는 바로 드래곤이었다.

그것도 온몸이 빨간색으로 이루어진 거대한 레드 드래곤이었다.

드래곤 중에서도 가장 흉포하고 강하다는 종.

그 등급은 각성자로 치면 레전드급을 상회하는 강함을 자랑했다.

아니, 레전드급도 상대하기 힘들 정도의 강함을 자랑했다.

"크아아아아아앙!"

하늘에 대고 포효하는 거대한 덩치를 보면 연준혁을 비롯해서 그곳에 있는 사람들이 안색이 새파랗게 질린 채 뒷걸음질을 쳤다.

"협회장님! 어찌합니까?"

"이, 이건 멸망급 긴급사태입니다! 당장 본부에 연락해서 이 사실을 알려야 합니다!"

다들 패닉 상태에 빠져서 이러지도 저러지도 못하고 있

을 때, 누군가가 레드 드래곤을 향해 천천히 걸어 나가고 있었다.

"위험해! 당장 물러서!"

그 모습을 본 사람들이 다급하게 외쳤다.

"협회장님! 지인분이 위험……."

위험을 알리기 위해 연준혁을 향해 고개를 돌리며 다급하게 외치려는 찰나 그는 보았다.

세상 평온한 모습으로 자신이 데려온 지인을 바라보는 그를 본 것이다.

"협회장님?"

연준혁의 지인, 즉 영웅의 눈은 초롱초롱하다 못해 반짝이고 있었다.

드래곤은 자신을 향해 겁 없이 다가오는 인간에게 시선을 돌리고는 나직하게 경고하는 듯한 울음소리를 내었다.

"크르르르르!"

하지만 영웅은 그런 드래곤의 경고는 가뿐히 무시하고는 더 가까이 다가가며 말했다.

"우와! 대박! 세상에! 우와!"

연신 감탄사만을 내뱉으며 감동에 빠진 모습이었다.

"이야! 드래곤이라는 것을 실제로 보다니! 감동이다! 야! 말해 봐! 드래곤은 말도 한다던데."

"크르르르!"

드래곤이 연신 영웅을 바라보며 나직하게 으르렁거렸다. 하지만 이상하게도 영웅이 점점 더 가까이 다가가는데도 드래곤은 영웅을 공격하지 않았다.

오히려 주춤거리면서 뒤로 물러서고 있었다.

"말해 보라니까?"

영웅의 재촉에 드래곤이 자신의 날개를 크게 펼치며 무언가를 떨쳐 내듯이 포효했다.

"크아아아아앙!"

그리고 자신의 거대한 다리를 들어 영웅을 밟았다.

쾅-!

"안 돼!"

그것을 지켜보던 사람들이 경악하며 소리를 질렀다.

하지만 그 누구도 드래곤을 공격하거나 하진 않았다.

섣불리 자극했다가는 이 나라가 끝나기 때문이었다.

협회장의 지인은 아무것도 모르고 나대다가 생을 마감했으리라고 생각했다. 그리고 드래곤의 다음 행보를 주시하며 경계하는데, 먼지구름 속에서 사람의 목소리가 들려왔다.

"말해 보라니까 다짜고짜 공격을 해?"

후웅-!

말소리와 함께 자욱했던 먼지구름이 사방으로 퍼져 나가며 돌풍이 불었다.

그 순간 드래곤의 복부 쪽이 움푹 파이며 거대한 덩치가 하늘 위로 붕 떠 버렸다.

"크에에에엑!"

드래곤의 입에서 고통에 찬 비명 소리가 흘러나왔다. 모든 몬스터들의 왕이자 반신에 가까운 생물이라 불리는 드래곤이었다.

레전드급 각성자가 전력을 다해 공격한다고 해도 저런 비명이 나올지 의문이 들 정도로 드래곤의 가죽은 두껍고 맷집도 강했다.

현대 무기로는 상처 하나 낼 수 없는 것이 드래곤의 가죽이기도 했다.

그런 가죽을 가진 드래곤에게 저런 충격을 주는 인간이라니.

다음 권으로 이어집니다

꿈의 도약, 로크에서 하십시오
(주)로크미디어에서 신인 작가를 모십니다

즐거운 세상, 로크미디어는 꿈을 사랑하고 도전을 두려워하지 않는 작가 분들의 참신한 작품을 기다리고 있습니다. 21세기 장르 문학계를 이끌어 갈 차세대 선두 주자 (주)로크미디어에서 여러분의 나래를 활짝 펴 보시길 바랍니다.

모집 분야 판타지와 무협을 포함한 장르 문학
모집 대상 아마추어 작가, 인터넷 작가
모집 기한 수시 모집

작품 접수 시 유의 사항

1. 파일명은 작가명_작품명.hwp형식을 갖춰 주십시오.
1. 파일에 들어갈 내용은 다음과 같습니다.
   - 성명(필명인 경우 실명을 밝혀 주세요), 연락처, 이메일 주소
   - 제목, 기획 의도
   - A4용지 1장 분량의 등장인물 소개
   - A4용지 2장 분량의 전체 줄거리
   - 본문
1. 작품이 인터넷에 연재되고 있다면, 게시판명과 사이트의 구체적이고 정확한 주소를 기재해 주십시오.

선택된 작품은 정식 계약 후 출판물로 간행되어 전국 서점에 유통됩니다.
작가 분은 (주)로크미디어의 전폭적인 지원하에 전속 작가로 활동하시게 됩니다.
※ 자세한 내용은 로크미디어 홈페이지(rokmedia.com)를 참조하세요.

(04167)서울시 마포구 마포대로 45 일진빌딩 6층
(주)로크미디어 편집부 신간 기획 담당자 앞
전화 : 02) 3273 - 5135
www.rokmedia.com   이메일 : rokmedia@empas.com